KB275772

선우명수필선 ㉓

회전문

염정임 수필선

선우미디어

머리말

새로운 세기를 열면서, 평화와 화해를 기도했지만 세계는 폭력과 분쟁으로 소용돌이치고 있다. 이제 새롭게 2002년의 달력을 건다. 올해에는 365개의 조각그림들이 모여 우리 모두가 바라는 밝고 환한 큰 그림이 되기를 꿈꾼다.

글을 써온 지 20여 년이 가까워 오지만 선집을 내기에는 부끄러운 글 솜씨가 아닌가 한다. 이 책을 계기로 수필을 처음 쓰기 시작했을 때의 그 신선한 경이감을 다시 회복하고 싶다.

이 선집에는 1992년에 출간한 첫 에세이집 『미움으로 흘리는 눈물은 없다』에서 20편, 1999년에 출간한 『유년의 마을』에서 15편을 골랐고, 두 편의 신작을 포함시켰다. 부족한 글들이지만 보다 선하게 살고 싶은 나의 소박한 바람이 깃들어 있기를 바란다.

결혼 35주년을 맞이하여, 항상 격려해주는 남편에게 감사하며, 뜻깊은 출판의 기회를 마련해준 선우미디어사에도 마음 깊이 고마움을 전한다.

康貞休

1.

우산 이야기

숨은 그림 찾기

나에게 있어서 수필을 쓴다는 것은 일상에 숨어 있는 그림을 찾으려는 시도라고 할 수 있다.

내가 보고 듣는 사물들과 만나는 사람들로부터, 그리고 나의 의식이나 기억 속에 숨어서 밝혀지기를 기다리는 희미한 그림들을 찾아내려는 것이라고도 하겠다.

가끔 잡지나 신문에 보면 '숨은 그림 찾기'란 난이 나온다.

산이 있고 강이 있고 집과 사람들이 있는 바탕 그림에 숨겨진 조그만 그림을 찾는 게임이다.

잎이 무성한 나무 속에 물고기도 숨어 있고, 기와지붕 골 사이에는 촛불도 켜져 있다. 여인의 치마 주름살을 잘 살펴보면 조그만 새 한 마리가 날개를 접고 앉아 있는 것을 발견하기도 한다.

우리 삶의 갈피갈피에 숨어 있는 보석처럼 귀한 그림들, 나는 이들을 찾아내어 나와 함께 같은 공기를 숨쉬고 사는 다른 사람들과 나누고 싶은 것이다.

어쩌면 이 세상은 보이지 않는 그림들로 미만해 있는 경이로운 것이 아닐까? 우리가 무심코 스쳐지나는 일상

의 사막에도 우물이 있고, 다 허물어져가는 빈 집 어딘가
에 보물지도가 감춰져 있는 것을 알 수만 있다면….

때로는 꼭꼭 숨어 보이지 않는 그림 때문에 많은 날들
을 안절부절 못하며 보낼 때도 있다.

숨은 그림을 잘 찾아내기 위해서는 무엇보다도 바탕그
림을 잘 살펴보아야 한다. 그러나 밑그림에 너무 집착하
지 않고 조금 멀찍이 떨어져서 무심히 스쳐볼 때 선명하
게 떠오르는 윤곽을 포착할 수도 있으리라. 때로는 텅 비
어 있어 그림의 배경으로만 보이는 빈 여백이 커다란 숨
은 그림의 일부분이 되기도 한다.

무엇보다도 내 마음이 잔잔한 물처럼 맑고 고요할 때,
깊숙이 숨어 있던 그림이 서서히 자태를 드러낸다.

내가 지나친 집착이나 욕심에 사로잡혀 있을 때, 나는
아무 그림도 찾아낼 수가 없었다.

범상하게 지나치던 돌멩이 하나가, 어느 날 빛을 받아
음영을 만들면서 굴곡 있는 아름다움을 발하는 것을 볼
때가 있다.

내가 사랑의 눈으로 볼 때, 숨어 있던 그림들도 그들
의 비밀을 다소곳이 열어 보이는 것을 수시로 깨닫는다.

나는 내 삶이란 바탕그림이 이왕이면 격조 있고 색채
도 아름다웠으면 한다. 수묵의 임리가 절묘한 한 폭의 동
양화이어도 좋겠고, 보기에도 즐거운 기호와 간결하고
선명한 선으로 이루어진 추상화여도 좋겠다.

혹시나 하늘을 나는 염소와 날개가 달린 괘종시계, 또
바이올린을 켜는 수탉이 있는 샤갈의 그림처럼 숨막히도

록 환상적인 그림이 된다면 오죽이나 좋겠는가.

숨은 그림을 찾아내어 형상화하기 위해서는 역시 고달픈 작업이 뒤따른다. 그러나 그 순간은 어느 누구도 간섭할 수 없는 나만의 고독과 자유를 향유하는 시간이기도 하다. 그때 시공은 무한한 우주를 향해서 열리고, 살아 있는 모든 것에 대한 연민과 근원을 알 수 없는 그리움에 떨며 나는 영감이 떠오르길 기다리는 것이다.

마치 꼬마 전구에 불이 켜지듯 문득 스치는 상념을 붙들고 나는 원고지를 펼친다.

모두가 잠든 밤에 홀로 깨어 하얀 원고지를 한 자 한 자 메워가며, 나는 백설의 능선을 묵묵히 종주하는 외로운 알피니스트를 떠올리곤 한다.

그것은 또한 글에 대한 나의 애정을 확인하는 과정이기도 하다.

나는 쓰고, 지우고 또 고쳐 쓰기를 계속한다.

나는 숨은 그림을 너무 구체적으로 드러내는 것을 자제한다. 되도록 너울을 씌운 듯 은은한 색채로 두드러지지 않게 나타내려고 애쓴다.

나는 가능하다면 상징이 풍부하고 함축성이 있는 유연한 글을 써보고 싶다. 그래서 내 글을 읽는 독자들도 내 글 속에 숨어 있는 그림들을 즐겨 찾아주었으면 하고 바란다.

어쩌면 내가 글을 쓴다는 것은 독자들이 이 '숨은 그림 찾기' 게임에 참여할 수 있도록 그림을 미리 숨겨두려는 하나의 꿈인지도 모른다.

　　그러나 나같이 어리석고 붓끝이 둔한 사람에게는 이러
한 바람은 부질없는 짓일 것이다. 아마도 그것은 나무에
서 물고기를 찾는 것〔緣木求魚〕만큼이나 어려운 일이리
라.
　　그러나 하나님은 이 세상 어딘가, 높다란 나뭇가지 속
반짝이는 잎들 사이에 비늘도 싱싱한 물고기 한 마리를
숨겨두었으리라 믿으며, 나는 오늘도 설레는 마음으로
수필—숨은 그림 찾기—에 매달리고 있는 것이다.

(1990.)

아버지의 정원

아버지는 덩굴장미를 올릴 받침대를 손질하고 계셨다. 장미꽃이 피기까지는 아직 두어 달은 기다려야 될 터인데, 아버지는 얼기설기 엮은 대나무살의 이음새를 풀었다, 다시 조이고 또 흔들어보고 하신다. 뜰 가장자리로 띄엄띄엄 나무는 심어져 있으나 아직 빈 터가 많다.

심은 지 얼마 안된 목련은 가느다란 줄기로 서 있고, 잔디는 아직 푸르름을 못 찾고 성긴 뿌리를 보이고 있다.

이제야 겨우 자리를 잡아가는 뜰의 정경이 나에게 안타까움과 연민을 불러일으킨다.

몇 년 전만 해도 아버지는 어느 군 단지에 꽤 넓은 농장을 가꾸고 계셨다.

야채와 묘목을 심고, 연못을 만들어 붕어도 키우셨다. 등나무 그늘도 만들고, 원두막을 지어 박덩굴을 올리기도 했다. 아버지는 주말을 농장에서 보내기 위해 사시는 것 같았다.

밀짚모자를 쓰고 향나무를 전지(剪枝)하실 때에는 아이들이 입을 모아 불렀다.

"나무 할아버지!"

그곳은 말하자면 아버지의 꿈의 묘포(苗圃)였다. 갖가지의 꿈과 사랑이 오밀조밀 자라고 있었다.

아버지 회사 종업원의 결혼식도 그 정원에서 치르어졌고, 꽃이 한창일 때에는 친척들의 야유회도 열렸다. 할머니와 어린아이들이 웃고 내달으며 즐겁게 어울리던 곳이었다.

어느 여름이었다.

아이들이 못에서 물장구를 치고 개구리도 잡고 하던 날, 우리는 잔디밭에 앉아 꼬리만 남은 더위가 물러가기를 기다리고 있었다.

해가 기울면서 잔디는 더 짙푸러지고 꽃나무들은 짙은 향기를 내뿜기 시작했다. 덩굴을 따라 올라간 주황색 능소화가 저녁 이내 속에서 등불을 밝힌 듯 선연하게 드러났다.

그때 갑자기 아버지는 능소화 둘레를 돌며 마치 구애(求愛)라도 하는 몸짓으로 춤을 추시기 시작했다.

푸른색 남방 셔츠를 입은, 체구가 자그마하신 아버지는 동승(童僧)같은 미소를 머금고 어깨를 추스르며 너울너울 춤을 추신다. 여동생이 능소화를 몇 송이 꺾어다 머리에 귀에 또 옷깃에 꽂아드렸다.

그는 꽃에 둘러싸여, 꽃에 취한 사람처럼 빙빙 돈다. 마치 들어보지 못한 어느 화선(花仙)의 모습처럼….

우리들은 손뼉을 치며 환호했다. 나는 순간적으로 그곳이 이 세상이 아닌 그 어디인 것 같았다.

낙원이 있다면 바로 그런 곳이 아니었을까?

그러나 그 낙원은 너무나 일찍 막을 내렸다.

아버지의 사업은 어렵게 되고 농장은 공장부지로 팔려 버렸다. 아마 아버지의 손에서 벗어나기가 무섭게 그들은 그곳을 모두 파헤쳐 버렸으리라.

20년 가까이 아버지 손길로 쓰다듬어진 바윗돌, 철쭉, 잔디는 하루아침에 모두 덤프트럭에 파헤쳐져 붉은 흙을 드러내었을 것이다. 아버지가 심은 꿈도 희망도 뿌리째 뽑혀져서….

그후 아버지에게는 가꿀 땅이 없었다. 정원이 없는 아버지는 날개를 잃은 천사의 모습만큼이나 우리를 가슴 아프게 했다.

다행히도 얼마 전에 아버지는 어느 작은 읍에 조그만 땅을 마련할 수 있었다. 처음 땅을 사실 때에 저 돌 많은 땅에 뭐가 자라랴 싶어 반대를 했었지만, 아버지의 손이 닿으면서 조금씩 모양이 달라지기 시작하였다. 황폐한 돌밭이 초록으로 덮여 가는 것이다.

아버지는 자신의 삶을 가꾸듯 매일 돌을 골라내고 잡초를 뽑고 꽃나무를 심으신다.

인생이란 어쩌면 정원을 가꾸는 것과 같지 않을까?

때로는 비바람도 치고 우박도 내리리라. 비록 척박해도 자신의 몫이기 때문에 정성을 다해 갈고 씨를 뿌려야 되리.

불운한 시대에 태어나 많은 풍상을 겪으신 아버지.

아버지의 꿈은, 노년에는 고향에서 학교를 짓고 아이들을 가르치는 것이었다고 한다.

박토(薄土)에 뿌리를 내리려는 어린 나무들이 아버지에게는 아이들과 같은지도 모른다.

아버지는 나무들과 이야기하고, 그들의 말을 잘 들어주신다. 그들의 품성을 알기 때문에 서두르거나 실망하지 않는다. 그는 꽃의 목마름과 아픔도 모두 알고 있다. 그들도 아버지의 한(恨)과 소망을 헤아리고 있으리라. 혈육이 감지하지 못하는 아버지의 우수(憂愁)를 나무들은 미리 알아채는지도 모른다. 그들은 평화도 외로움도 같이 나누고 있을 것이다. 마음에 옹이가 되어 박혀 있는 세월의 생채기를 그들은 서로 어루만져주리라.

머지 않아 나무들은 자라 푸른 숲을 이루고, 꽃은 피고 새는 우짖어 아버지의 정원은 아름다운 해조(諧調)로 울리리라.

해질 무렵, 아버지는 작별을 고하는 나를 향해 손을 흔드신다. 노을을 등지고 선 그는 곁가지를 다 잘라낸 욕심 없는 한 그루 나무였다.

(1986.)

우산 이야기

어느 비 오는 날, 모임이 끝나고 각자의 우산을 챙겨 들면서 우리들 중의 한 사람이 말하기를,

"우산에도 귀가 있는가봅디다. 내가 우산 하나를 색깔이 하도 촌스러워서 그만 없어져버렸으면 하고 미워했더니, 어느 날 정말 없어져버렸다니까요."

해서 모두들 웃은 적이 있다.

정말 우산이란 것은 슬그머니 없어져버리기도 하고, 어디선가 엉뚱하게 나타나서 제 집인 양 우산꽂이에 꽂혀 있기도 한다.

긴 장마철이 끝나고나니 우리집 우산들이 모두 바뀌어져 있다.

현관 한 옆에 놓여 있는 우산꽂이에 눈에 익은 우산들은 하나도 안보이고, 처음 보는 자주색 회색 우산들이 꽂혀 있는 것이다.

내가 아끼던 코발트색 우산도 없어졌고, 녹색 체크무늬 우산도 없어졌다.

대학생인 큰딸은 물방울무늬 우산을 자기 방에 간직하므로 그곳에 있을 터이고, 여고생인 작은딸은 갈색 우산

을 가지고 아침 일찍 나가 자정이 가까워야 돌아오니 그
대로 가지고 있을 것이다.

　아무래도 없어진 우산의 주인은 남편과 중학생인 아들
인 것 같다.

　남편에게 우리 우산들이 모두 없어졌다고 하니 자기는
모르는 일이라며 고개를 흔들었다(그러나 며칠 전에 나
는 그의 자동차 트렁크에서 우산을 세 개씩이나 찾아내
었다).

　아들에게, 자주 드나드는 친구들 중에 우산을 두고 간
사람이 누군지 물어보라고 했지만 아무도 잃어버린 사람
이 없다고 하니 정말 답답한 노릇이었다.

　그러나 영국의 수필가 가드너가 말한 대로, 우산의 주
인을 찾으려는 그 '우산 도덕'으로 내가 고민하던 것도 잠
깐뿐이었다. 처음에는 낯설고 눈에 거슬리던 남의 우산
도 점점 눈에 익어가고, 그 우산들이라도 있음이 다행이
라는 생각이 슬그머니 들기 시작한 것이다.

　'…이 우산들의 주인을 찾아주기는 정말 불가능해. 어
쨌든 우산이란 비를 가리는데 요긴하게 쓰기만 하면 누
가 사용하든 상관없는 것이 아니겠어….'
하고 나의 '우산 양심'은 속삭이는 것이다. 그래서 주인
잃은 우산들은 지금까지 우리 집 우산꽂이를 차지하고
있다.

　처음, 내 코발트색 우산이 없어졌을 때에는 가드너가
그랬듯이 그 우산을 쓰고 가는 사람을 생각하면 무척 속
이 상했다.

코발트색의 무늬가 마치 하늘의 구름 그림자처럼 아롱져 있어, 두 손으로 펼치는 순간 하늘이 활짝 열리는 것 같은 기분을 주던 내 우산…. 가느다란 우산살들이 이루는 그 균형과 질서, 팽팽한 긴장감을 주면서도 둥글게 지붕을 만들 줄 아는 헝겊의 유연성, 그리고 그들을 하나 되게 마무리짓는 든든한 우산대를 보면서, 그들간에 이루어지는 섬세한 역학과 협동의 아름다움에 경탄을 금치 못하곤 했었다. 그 우산을 펴고 접을 때마다 나는 하나의 예술품이나 수공예품을 완상(玩賞)하듯, 이 세상에서 우산을 처음 만든 사람에게 무한한 찬사를 보내곤 하지 않았던가.

지금은 내 파란 우산이 돌고 돌아서 어느 날 다시 우리 집 우산꽂이에 넌지시 꽂혀 있지 않을까 하고 막연한 상상이나 할뿐이다.

이번에야 나는 큰딸애가 우산을 자기 방에 간직하는 이유를 알았다. 그래서 나도 꽃무늬 우산을 하나 새로 사서 외출에서 돌아오면 옷장 속에 감추어 두기에 이르렀다.

사람들은 누구나 조그만 것 하나라도 남에게 양보하기 싫어한다. 그런데 우산에 관한 한 모두들 지극히 너그럽고 이타적으로 보이니 이상한 일이다. 사람들은 자기 우산을 여기저기에다 놓고 다니기도 하고 잃어버려도 그렇게 연연해하지 않는 것 같다. 자동차에서 내릴 때에나, 다방에서 떠날 때에도, 익명의 기증인이 되어 앉았던 자리에다 놓아둔 채 나오기도 한다.

어쩌면 우산이란 것은 사람들로 하여금 순간적으로나마 물질에의 집착으로부터 해방시켜주는 마력을 가진 것이 아닐까? 그래서 '나의 것'이라고 이름 붙여놓은 모든 소유의 허망함을 우리에게 일깨워주는 것이 아닌지.

우산은 현실세계에서 우리를 얽어매는 모든 자기 중심의 질곡으로부터 벗어나서 하늘을 나는 듯한, 참으로 자유로운 상태를 우리에게 예시해주는 하나의 상징인지도 모른다. 그래서 동화 속에서 사람들은 우산을 쓰면 하늘을 날기도 하고, 자기가 가고 싶은 곳은 어디든지 갈 수 있지 않은가.

'어디 우산 놓고 오듯/ 어디 나를 놓고 오지도 못하고/ 이 고생이구나…'라는 어느 시구가 생각난다.

오늘 같은 문명사회에서 아직도 우산이 우리의 삶과 함께 한다는 것은 반가운 일이다.

우리는 날씨가 더우면 스위치 하나로 온도를 조절함으로써, 부채를 부치며 바람을 만들던 운치 있는 모습을 구경할 수 없는 시대에 살고 있다. 추운 겨울날 난로가에 모여 앉아 타오르는 불꽃을 보며 이야기를 나누는 정겨운 모습도 보일러식 난방의 출현으로 점점 사라져가고 있다. 그러나 비가 내리는 것에 대해서는 어떤 문명의 이기로도 막을 수 없음은 다행한 일이다.

옛날이나 지금이나 비 오는 날에는 우산을 쓰게 되어 있다. 1백년 전의 우산이나 지금의 우산이나 그 모양에는 별 변함이 없다. 말하자면 우리가 우산을 쓰고 있을 때 1백년 전 문화를 누리고 있는 셈인 것이다. 비록 내가 클라라 슈만이 입던 길고 우아한 의상을 입고 마차를 타고 다닐 수는 없을지라도, 그녀가 쓰던 것과 같은 모양의 우산을 쓴다고 생각하면 즐거운 일이 아닌가.

아무리 컴퓨터가 발달하고 기계가 인간의 정서와 꿈을 빼앗아가더라도 비 오는 날의 우산이 우리에게 주는 감미로움과 설레임은 빼앗아갈 수 없으리라.

비 오는 날 가지가지 영롱한 색깔의 우산들이 걸어가는 것을 보면 도시의 우울함이 사라진다. 마치 잿빛 캔버스에 화려한 색깔의 물감을 칠하듯 우산은 거리의 풍경을 아름답게 꾸며주기 때문이다.

높은 빌딩의, 직선이 난무하는 사이로 무지개 빛의 곡선이 떠다니는 것을 보면 누가 나를 부르는 듯 달려나가고 싶어진다.

그리고 우산에 떨어지는 빗소리—하늘에서 내려오는 잔잔한 소곤거림—를 들으면서 꿈을 꾸듯 황홀해지고 싶은 것이다.

(1990.)

밤 비행기

배웅을 나온 남편과도 헤어져 혼자가 되니 갑자기 외로움이 엄습해 온다. 샌프란시스코 국제공항 어느 곳을 둘러보아도 아는 얼굴은 아무 데도 없다. 시드니로 향하는 유나이티드에어라인 863호기를 타기 위해 58번 문 앞으로 갔다. 승객들은 넓은 공간에 드문드문 앉아 책을 읽거나 무언지를 쓰면서 탑승 시간을 기다린다. 나도 읽을 거리를 찾아 읽기 시작했다. 출발 시간인 밤 열 시가 다 되어 긴 복도를 지나 비행기 안으로 들어갔다.

창가 자리에 앉아 노트북만한 창으로 밖을 내다보니, 사방은 어둠으로 깜깜한데 불빛들만 이리저리 움직이고 있다. 지금 막 도착한 듯 서서히 움직이는 불빛, 활주로임을 알리는 푸른 점점의 불빛… 마치 영화에서 본 우주 안의 어느 정거장인 듯, 미래로 향한 타임 머신이라도 탄 듯 마음은 옅은 불안과 기대로 설레인다. 활주로를 서서히 주행하던 비행기가 속력을 내는가 싶더니 이륙을 시작했다. 지상을 떠나 하늘을 날기 시작한 것이다.

비행기가 이륙하는 순간 몸이 번쩍 위로 들리는 기분이 느껴지면서 창 밖에 보이던 불빛이 조금씩 멀어지며

시야 아래로 내려간다. 곧 이어서 창 아래쪽으로 멀리 샌프란시스코항의 불빛들이 보석처럼 명멸하고 있는 것이 보인다. 물기 있게 번져 보이는 붉은 빛, 따뜻한 노랑빛, 신비롭게 빛나는 푸른빛으로, 네모나 원의 모양으로, 혹은 일렬을 지어서 지상의 어둠을 밝히고 있다.

이 세상의 추함은 모두 사라지고 아름다운 동화의 세계가 펼쳐진 듯 하늘에서 내려다보이는 도시의 밤 풍경은 나를 환상의 세계로 이끈다. 영원한 소년 피터팬이 웬디의 손을 잡고 런던의 상공을 날 때도, 영화 ET에서 엘리엇이 ET를 자전거에 싣고 친구들과 밤하늘을 날면서 본 풍경도 바로 저러했으리라.

나도 하늘을 날고 있다. 모든 것 지상에 남겨 두고 나는 또 어디로 가고 있는 것일까? 피터팬은 그 누구도 영원히 늙지 않는 나라를 향해 갔지만, 내가 가는 나라에서는 무엇을 찾을 수 있을까?

한 달 전에 서울을 떠나 이 샌프란시스코 공항에 내렸었다. 그때 비행장에는 유학생인 P씨가 나와 주었다. 비행장에서 팔로 알토까지는 40분 가량이 걸렸다.

한국은 그때 2월말의 겨울이었는데 이곳은 잔디가 파랗고 아침의 청신한 공기가 말할 수 없이 상쾌하였다. 우리가 일년 동안 살게 될 아파트는 바로 스탠포드 대학 캠퍼스 옆에 있었다. 주위에는 나무 둘레가 한아름이 넘는 키가 큰 나무들이 숲을 이루고 있었고, 잘 가꾸어진 잔디밭 사이로 4층 높이의 나지막한 아파트 건물이 띄엄띄엄 서 있다. 군데군데 자목련꽃이 피어 있고 겹동백꽃, 벚꽃들도 피어 있어서 우리가 정말 캘리포니아에 온 것을 실감나게 했다. 그동안 이곳 생활을 익히고 새로운 사람들을 만나면서 한 달이 지나갔다.

그리고 오늘, 나는 미지의 한 사람을 만나기 위해 홀로 밤 비행기를 타려고 한다. 내가 꿈속에서 만나곤 했던, 이 세상에서 가장 깨끗한 영혼을 가진 사람. 그는 먼 하늘 끝에서, 어쩌면 피터팬이 사는 나라로부터 이 지상에 도착할 것이다.

시드니에서 나는 한 달 가량 머물 예정이다. 출산 예정일은 며칠 남았지만, "아기가 나올 준비가 다 되었다고 한다"는 딸의 전화를 받고 급히 떠날 날을 예약했다.

그 조그만 사람은 어떻게 이 세상에 나오게 될까? 내가 긴 복도를 걸어서 비행기를 탔듯이, 그도 한없이 좁고 긴 길을 통하여 이 세상에 오는 것이 아닐까. 그는 밤하늘처럼 깜깜한 곳에서 기억하지도 못할 꿈을 꾸면서 새로운 세계를 향하여 오고 있으리라.

얼마 전 신문에서 아기가 태어나는 시간은 아기가 스스로 결정한다는 기사를 읽었다.

그도 지금쯤, "미국에서 외할머니가 오고 있으니, 나도 이제 슬슬 바깥 세상에 나가 볼까?" 하며 출생 시간을 결정할지 모른다.

내가 낳은 아이로부터 또 한 생명이 태어난다는 사실, 무한한 가능성을 지닌 한 인간이 딸의 몸을 통하여 존재하게 된다는 사실이 경이롭기만 하다.

지금까지 나는 나 자신이었으며, 누군가의 아내이자

딸이었으며, 또한 어머니였다.

이제 머지 않아 나는 새로운 호칭 하나를 더 얻게 된다. 앞으로 나는 조금은 서글프고 쓸쓸한, 그러나 한없이 다정한 그 이름으로 불리우게 될 것이다.

밤이 깊어지면서 기내등(機內燈)은 모두 꺼지고 승객들은 대부분 잠이 들었나보다. 내가 경험하게 될 새로운 위치, 또 하나의 새로운 세계가 기다리고 있을 시드니를 향하여 비행기는 전속력으로 하늘을 가르고 있다.

나는 내가 만날 한 아름다운 사람을 생각하며 가슴 설레며 잠 못 이루고 있다.

(1996.)

인형이 있는 풍경

　　요즈음 나는 칠순이 넘은 어머니와 함께 인형 만드는 법을 배우고 있다. 지난 일년간 내가 외국에 가 있는 동안 어머니도 나를 그리워한 듯 인형교실에 다니려 한다니까 같이 다니자고 하신다.

　　작년에 두 딸들이 첫 아기들을 낳아 나는 할머니로, 어머니는 증조 할머니로 인생 승진을 하였다.

　　수강생이 여남은 명 되는 교실에는 어머니와 나를 빼고는 모두 내 딸 또래의 젊은 새댁들이다. 첫날 검은 원피스를 입은 멋쟁이 강사는 우리 쪽으로 시선을 돌리며 말한다.

　　"이 클래스에 들어오시기 참 잘하셨어요. 손주들에게 인기 있는 할머니가 되시겠어요. 경로당에 가시는 것보다 훨씬 나을 거예요!"

　　며칠 전에 어떤 분이 나를 보고, "할머니 노릇이 힘드신가 보죠. 전에는 참 고우시더니…"라고 말해서 기가 푹 죽었었는데, 이제는 '웬 경로당'인가?

　　이렇게 시작한 인형교실이 이제 한 달이 되었다.

　　첫 작품으로 꽃무늬 원피스를 입고 흰 앞치마를 두른

소녀를 만들었다. 먼저 흰 광목에 살색 물을 들여서 얼굴과 몸통을 재단한 다음 꿰매고 솜을 넣어 몸통을 만든다. 그 다음에는 예쁜 옷감을 재단하여 바느질을 해서 옷을 입히면 되는 것이다. 그런데 실제 만들자니 그렇게 간단한 것은 아니었다.

손으로 일일이 박음질을 하자니 시간도 많이 걸리고, 이 조그만 아가씨도 입는 것은 여러 가지라, 속바지에 원피스에 앞치마까지 만들어 입히려니 바느질품이 만만찮다. 민둥머리일 때는 기괴한 느낌이 들었지만 털실로 머리를 만들어 붙이니 정말 아리따운 아가씨가 되었다.

그러나 눈을 그리기 전에는 하나의 헝겊일 뿐이다. 두 눈과 입을 그리고 나면 그녀는 표정이 생기고, 이름으로 불리우기를 원하는 것 같다. 눈동자를 그릴 때는 내 손은 사뭇 떨리기까지 한다. 먼저 점을 두 개 찍는다. 그러나 점만으로는 인상이 너무 옹색해 보인다. 조금씩 눈동자를 키워 가노라면, 어느 시점에 이르러 아기는 눈을 동그랗게 뜨고 나와 시선을 맞춘다.

나는 오래 전 나의 딸들에게 해준 것처럼 아기인형의 머리를 땋고 옷깃에는 레이스를 달아주었다. 발그레하게 볼연지도 찍어서 경대 옆에 앉혀 놓고 보니 참으로 사랑스럽다. 첫 솜씨라 서툰 구석도 많은데, 내 손으로 만든 것이라 이렇게도 애착이 가는 것일까? 문득 하느님이 이 세상을 만들어 놓고 얼마나 기뻐하셨을까? 하는 생각이 들었다.

에덴 동산에서 아담과 하와에게 생명을 불어넣고 얼마

나 만족해 하셨을까? 그래서 창세기에는 '보기에 좋았더라'는 말이 여러 번 나오는 것이리라.

어머니도 돋보기를 쓰고 새벽까지 만드셨다며 인형을 완성해 오셨다. 어머니의 아기인형은 얼굴이 통통하고 오렌지색 원피스에 머리에는 장미꽃까지 꽂았다. 강습 시간이 끝나면 대개 어머니랑 점심 식사를 같이 하고 시장을 보고 헤어진다.

요즈음 들어 어머니가 참 아기 같다는 생각이 들 때가 있다. 자식들로부터 하찮은 것을 받고도 어린아이처럼 좋아하시고, 한 번 한 이야기도 자꾸 되풀이하신다. 어머니도 이제 늙으셨나보다고 생각될 때면, 가슴속으로 찬바람이 스치고 지나간다.

외출에서 돌아오면 텅 빈 집 한구석에서 인형은 꿈꾸듯 앉아 있다. 아직 이름도 없는 이 소녀는 언제까지나 늙지 않을 것이다. 내가 육, 칠십이 되고 어머니가 이 세상을 떠난 후에도 그녀는 열칠팔 세 가량의 아가씨로 남을 것이다.

아이들이 모두 떠난 빈 집에서 그녀의 분홍빛 원피스는 화사한 봄 향기를 느끼게 한다. 깊은 밤 색색의 헝겊에다 바느질을 하노라면, 마음속으로 고요한 평화가 찾아든다. 젊음이 떠난 다음에서야 얻은 이 평화를 한 땀 한 땀 소중하게 수놓아 간다.

(1997.)

화로의 女神

　날씨가 차가워지면 나는 실용적인 쓰임새도 없는 둥근 놋화로를 창고에서 꺼내어 거실 한 옆에 두고 본다.

　몇 년 전 마음이 무척 춥게 느껴지던 어느 가을 날, 황학동 고물시장에서 그 화로를 샀다. 어릴 적에 우리집에 있던 것과 같은 흔한 놋화로인데, 마치 오래 전에 헤어진 사람이라도 만난 듯 반가웠다. 나는 불씨도 없는 그 빈 화로를 보기만 해도 가슴이 따뜻해옴을 느낀다. 어릴 때에 본 그 화로에는 언제나 재와 함께 불씨가 있었고 인두가 꽂혀 있었다. 그리고 외할머니는 항상 그 화로 옆에서 바느질을 하셨다.

　나는 그 옆에서 엎드려 숙제도 하고, 할머니에게 바늘귀도 꿰어 드리곤 했다. 화로 옆에서 바느질을 하는 외할머니의 초상은 나에게 그리움을 자아내는 내 유년이란 신전(神殿)의 벽화라고나 할까.

　외할머니는 언제나 가슴속에 고요한 정(情)의 불꽃을 피우도록 이끄는 여신(女神)과도 같이 느껴진다.

　그리스 신화에는 헤스티아라는 여신이 나온다. 그녀는 화로의 여신으로 가정이나 신전의 중앙에서 타오르는 불길을 상징한다. 올림포스산의 유명한 신들과 달리 그녀는 많이 알려지지 않았지만 인간에게 크게 도움을 주는 중요한 신으로 경배 받았다고 한다. 그녀는 화로나 신전처럼 둥근 원을 상징하며, 신성한 불길로써 사람들에게 빛과 온기를 주는 여신이었다. 그녀는 조용하고 현명하게 사람들을 도왔다고 한다.

그녀는 내향적인 여성으로서 가정에 항상 따뜻한 온기와 평화를 가져다주는 여성을 대변한다. 그녀는 집안 살림하는 것을 중요하게 생각하고 그 일에 열중하면서 마음의 평온을 얻는다고 한다. 항상 자신을 성찰하고 명상하며 남들이 인정해 주는 것에 연연하지 않는다. 자신의 내부에 꺼지지 않는 사랑의 불씨를 가지며 익명으로 종교적인 성스러운 일에도 헌신한다는 것이다.

어찌 보면 이와 같은 덕성은 요즈음의 여성들에게는 점점 결핍되어가는 것 같아 보인다. 남의 눈에 띄지 않게 조용히 살기보다는 사회적으로 인정을 받고 자신을 드러내고 싶어한다. 우리의 일상 생활에서 화로가 필요 없어짐에 따라 여성들은 가정을 지키던 그 신성한 불씨를 가볍게 생각하게 된 것일까. 불이란 인간에게 없어서는 안 될 중요한 것이기에 옛 가정에서는 불씨를 꺼뜨리지 않는 것이 여성의 큰 임무 중의 하나였다. 불씨를 지킨다는 것, 참으로 아름다운 상징이다.

나의 외할머니는 번성하던 종갓집의 종부로서 층층시하를 모신 대가족 제도 속에서 젊은 날을 보내었다. 끝없는 인내심으로 삶을 살아왔지만 가문은 점점 몰락하고 잇단 혈육의 요절로 고통의 나날을 보내셨을 것이다.

그러나 내가 기억하고 있는 할머니의 노년은 평화로운 달관의 모습이다. 바느질을 하며 지난 일을 담담하게 풀어놓을 때도 미소를 잃지 않으셨다. 때때로 습관처럼 한숨을 쉬기는 했지만, 그녀의 모습은 지금도 내 가슴의 가장 빛나는 장소에 자리잡고 있다.

거실 한 모퉁이에 놓여 있는 놋쇠 화로를 보면서 그윽한 사랑의 불꽃이 내 마음속에도 타오름을 느낀다.

(1993.)

아버지와 아들

아버지는 막내인 중학생 아들이 영 못마땅할 때가 많다. 키는 아버지보다 크고, 코밑이 거뭇거뭇한 녀석이 하는 짓은 어린아이 같아만 보이니 말이다.

물건을 아낄 줄을 모르고, 제 물건도 잘 잃어버리고, 친구들을 너무 좋아하다 보니 집에 오는 전화는 대부분 아들을 찾는 전화이다. 자기 방은 항상 정리가 안되어 있고 어질러져 있다. 좀더 공부만 파고들었으면 좋겠는데, 여러 방면에 관심이 많다.

아들도 아버지가 이해가 안될 때가 많다. 다른 아버지들처럼 사업을 하시면 큰 자동차도 탈 수 있고, 외국에도 많이 다니실 텐데…. 항상 책상 앞에 앉아 연구만 하시는 게 답답하기만 하다.

다른 유명한 사람들처럼 TV에도 안 나가시는 게 속상하다. 언제나 자기만 가지고 야단치시는 것도 못마땅하다.

여름 방학이 되어 아버지는 아들을 데리고 설악산 등반을 나섰다. 대청봉을 목표로 하고, 텐트, 취사도구를 꾸리고 배낭도 하나씩 메었다.

그들은 새벽 6시에 집을 나서 상봉 터미널에서 버스를 타고 정오경에 오색에 도착했다. 점심을 먹고 곧 등반에 들어갔다.

아버지는 아들에게 인내심과 지구력을 가르치고 싶었다. 아들은 명산의 신비를 기대하며 한발한발 올라갔다. 가파른 산길을 올라가자니 땀이 비 오듯하고 다리가 아파온다. 목도 마르고 숨도 가쁘다. 2시가 넘으니 아들은 물가라도 있으면 쉬고 싶었다. 아버지는 조금만 올라가면 설악폭포가 있다고 말했다.

아들은 빨리 물가로 가고 싶어 사람들을 헤치고 걸음을 빨리 한다. 폭포가에 먼저 가서 아버지를 기다려야 되겠다고 생각한다.

한참 올라가던 아버지는 아들이 보이지 않는 것을 알았다. 가슴이 철렁 내려앉는 것 같다. 걸음을 재촉하면서 지나가는 젊은이들에게 물어본다. 그러나 아무도 모른다고 한다.

아버지는 눈앞이 캄캄해진다. 이 큰산에서 한 발짝이라도 길을 잘못 들면 길을 잃고마는데 아들은 이 산이 처음인 것이다.

아버지는 이것이 꿈이었으면 싶다. 마침 짐을 진 사람이 내려오길래 물어본다. 그러나 그도 모른다고 하며 걱정스러운 표정을 한다. 그러나 날씨가 좋고 시간이 낮시간이니 큰 염려는 없다고 다시 위로해준다. 아버지는 오던 길을 다시 내려가기 시작한다.

아들은 폭포가에서 아무리 기다려도 아버지가 안 올라

온다. 아무래도 지나쳤거나 아래에서 자길 기다리실 것
같다. 겁이 덜컥 났다.

산길을 급히 내려가다가 나뭇가지에 머리를 찢겨 피가
조금 났다. 그러나 그게 문제가 아니다.

한참 내려가도 아버지가 안 보여 다시 올라가기 시작
한다.

그때 아버지가 아들 이름을 부르면서 내려오고 있었
다. 두 사람은 너무나 기뻐 부둥켜안고 말았다.

짐꾼 아저씨도 기뻐하며,

"이렇게 좋은 아들을 잃어버렸으면 어떻게 할 뻔했어
요."

라고 말한다.

아버지는 얼핏 그 소리가 신(神)의 음성처럼 들렸다.

하나님이 주신 자식을 인간적이고 이기적인 욕심으로
이러니저러니 불평했던 게 죄스러웠다. 그저 아들로서
옆에 있어주는 것이 감사하기만 했다.

두 사람은 무사히 대청봉에 도착하였다.

아버지는 아들의 머리에 준비해온 약을 발라주고 땀에
젖은 옷은 갈아 입힌다. 밥을 지어 같이 먹고 한 텐트에
서 잠을 잤다.

아들은 저녁을 먹자마자 곯아떨어졌다. 그러나 아버지
는 쉽사리 잠이 들지 않는다.

이 광활한 자연 속에서, 생명을 이어받은 외아들의 숨
소리를 듣는 감회가 예사롭지 않았다.

서울에 돌아온 아들은 어머니에게만 가만히 이야기한다.

"아버지께서 얼마나 나를 사랑하고 계신지 이제 깨달
았어요. 그리고 하나님이 이 세상을 얼마나 아름답게 만
드셨는지도…."
  설악산에 다녀온 후, 아들의 몸은 부쩍 커지고 어깨도
넓어진 것 같다.

(1990.)

유년의 마을

　오래 전에 살던 동네를 찾아가는 기분을 어떻게 표현을 해야할까. 같은 서울에 살면서도 한번 떠난 뒤로는 다시 그곳을 찾게 되지 않았다.

　그 좁은 골목길은 넓혀져서 아스팔트로 잘 포장이 되어 있었고, 집들도 말끔하게 단장되어 있었다. 동네 미장원과 복덕방, 세탁소, 구멍가게가 있던 곳에 슈퍼마켓과 전자대리점과 음식점이 들어 있었다.

　그것은 눈에 익으면서도 낯선 풍경이었다. 그 길로 우리 아이들은 초등학교를 다녔다. 아침마다 책가방을 메고 신발주머니를 들고….

　그 무렵의 아이들과 그때의 길 모습을 떠올려보니 문득 지금의 내가 타인인 듯 느껴진다. 그때 아이들은 어렸고, 부모님들도 건강하셨고, 나는 아무 걱정 없는 젊은 아기 엄마였다. 지금 생각해 보면 철부지였다.

　우리들 삶의 도정에는 반드시 고통과 맞서야 될 때가 있다는 것을 몰랐다고 할까. 인생의 길, 도처에 숨어 있는 함정과 돌부리에 넘어지기도 하고, 예기치 않은 회오리바람에 휘말려 내동댕이쳐질 때도 있다는 것은 상상할 수 없던 시절이었다.

우리가 살던 집은 마당이 넓고, 감나무도 한 그루 있었다.

아이들은 '우리집'을 그릴 때면 집 옆에 꼭 감나무를 한 그루씩 그리곤 했다. 언젠가 그 감나무 아래에 옹달샘만한 연못을 만든 후로는 아이들의 그림에는 꼭 작은 연못이 등장하곤 했다. 크레파스로 그려진 빨간 금붕어와 파란 물과 회색돌들….

지금 그 집은 흔적조차 없어지고, 그 자리에는 3층으로 된 연립주택이 서 있다. 낯선 집 앞에서 나는 길 잃은 사람처럼 당황한다. 나의 세 아이들이 모두 태어난 그 집은 이제는 없어져버린 것이다. 아마도 아이들의 기억 속에나, 그리고 그들이 그렸던 그림 안에서나 존재하리라. 감나무가 있는 그 집은 그들의 어느 한 부분에서라도 영혼을 밝혀주는 공간으로 자리하고 있을 것이다.

옛 동네를 떠나 돌아오는 길에 한 전시회장에 들렀다. 그 곳에서 나는 또 벽면마다 가득한 유년의 마을의 그림들을 보았다. 회색빛으로 비스듬하게 떠오르는 러시아의 가난한 시골 마을…. 화가의 영혼 속에 꺼지지 않고 빛나고 있는 어린 시절의 마을의 풍경이었다. 나무와 굴뚝, 암소와 수탉이 있고 농부들도 있다. 어린 시절에 보았던 고향 마을의 어느 결혼식, 그의 귀에 들리던 음악소리는 바이올린 연주자로 나타나 있었다. 어린 시절에 공포를 주던 제복을 입은 경찰관의 모습, 동네의 술 주정꾼….

유년시절이 아무리 불우했다고 하더라도 추억 속에서

는 언제나 아름답기 마련이다. 아마도 그것은 유년시절
만이 가질 수 있는 보석 같은 순수함 때문인지도 모른다.

화면마다 유년시절에 느꼈던 경이와 슬픔과 외로움,
바깥세계에 대한 막연한 두려움과 선망이 아련한 색채로
묻어 있었다. 어쩌면 우리가 살아간다는 것은 자신을 향
한 끝없는 여행인지도 모른다.

내 어린 시절의 희뿌옇게 떠오르는 마을의 풍경. 우
물이 있고, 중국인 호떡 가게가 있고, 해질 무렵이면 집
집마다 생선 굽는 냄새가 나던 그 골목길을 지금은 어디
서 찾을 것인가?

얼마 전에 어린 시절의 친구들이 모인다는 연락을 받
았다. 나는 한참 망설이다 나가지 않았다. 왜 그랬는지
나 자신도 모른다. 어느 영화에서 30년만에 고향을 찾은
주인공이 자기 어머니에게 고백한다. 고향을 찾기가 두
려웠노라고….

아마 나도 그 남자처럼 그들을 만나기가 두려웠는지도
모른다. 그건 기억 속에 남아 있는 희미한 유년의 마을의
그림이 지워질 것이 두려워서가 아니었을까?

환상 속에 고요히 빛나고 있는 아름다운 영상이 생경
한 현실 앞에서 서서히 사라질 것 같은 두려움에서….

(1993.)

이층으로 가는 계단

내가 조그만 아이였을 때, 이층은 호기심과 두려움의 장소였다.

어렸을 때 살던 집은 일본식 목조 가옥이었는데, 이층으로 가는 계단은 어린 나에게는 금기의 장소였다. 그러나 그곳은 새로운 세계로 가는 통로인 듯 느껴져 그 끝에 있을 미지의 공간이 나는 항상 궁금했다. 어느 날 나는 식구들 몰래 이층에 올라가 보았는데 그곳은 텅 빈 곳으로 평소에 사용하지 않아 매캐한 먼지 냄새가 나는 다다미방일 뿐이었다.

그 후에도 나는 가끔 혼자 이층으로 올라가 본 기억이 있다. 아마도 그곳에서 나는 미래에 대한 공상을 하고 바깥 세상에 대해 생각의 집짓기를 즐겼던 것 같다.

요즈음 나는 하루에 한두 번씩 이층으로 가는 계단을 오르내린다. 아래층에서 나는 주로 가족을 위해 요리를 하거나 TV를 보고 잠을 잔다. 육체가 활동하기 위해서 에너지를 공급하고 오락을 하고 휴식을 하는, 즉 생활을 위한 공간이다.

이층에서는 보다 창조적인 활동이 이루어지기를 바란

다. 이층으로 가는 계단에는 어떤 설레임이 있다. 한 발짝씩 올라간다는 상승의 동작이 나의 영혼을 좀더 높은 곳으로 옮겨 놓기라도 하는 듯, 나는 사뭇 떨리는 마음으로 좁은 나선형의 층계를 올라가는 것이다. 그곳에서 나는 책을 읽고 글을 쓰고, 나에게 영감을 주는 오래 전에 세상을 떠난 작가들의 영혼을 만난다. 그들이 남긴 책의 짧은 문장이 무디어져 가는 내 감수성에 빛을 준다.

나를 둘러싸고 있던 아이들이 하나 둘씩 내 곁을 떠나면서 나는 홀로 세상과 마주선 듯한 두려움을 문득문득 느낀다. 최근에는 인터넷이라는 새로운 세계를 엿보게 되었다. 부질없는 시도일지 모르나 무서울 정도로 변해 가는 바깥 세상에 대해 열린 창을 갖기로 한 것이다.

이층으로 가는 계단 하나 하나는 나의 존재를 확인하기 위한 쓸쓸한 통로인지도 모른다.

가을 햇볕이 다사롭게 내려앉던 어느 날 우리는 그 집에 초대받았다. 몇 년 전 세상을 떠난 수필가 S씨의 아내가 생전에 남편과 함께 문학 활동을 하던 몇몇 동인들을 초대한 것이다. 아들 삼형제 중 큰아들의 혼사를 얼마 전 치른 후 그 답례의 뜻이 담겨 있는 것 같았다. 그녀는 남편이 타계한 후에도 꿋꿋하게 잘 살고 있음을 우리들에게 보여 주고 싶었다고 한다. 교회가 있는 골목길의 그 집에는 아직 S씨의 문패가 붙어 있었다. 조그만 단층집이었는데 최근에 지붕 아래 공간을 이용하여 이층집으로 개조를 하였다고 한다. 이층으로 올라가는 계단은 색색의 예쁜 꽃들로 장식되어 있었다. 이층에는 갓 결혼한 아들 내외가 거처한다고 한다. 이층은 천장이 나지막하고 좁은 공간이었지만 신혼부부의 거처답게 간결하면서도 세련되게 거실과 침실 등이 자리잡고 있었다. 그녀는 집 수리가 너무 힘들었다면서 손가락으로 동그라미를 만들며 돈도 많이 들었다고 한다.

그러나 마치 까치가 한 나무에다 이층으로 까치집을 지은 듯, 나는 집을 헐거나 옮기지 않고 이층을 올려 새 살림집으로 꾸민 지혜에 감탄을 하였다.

집 구석구석에는 생전에 S씨가 아끼던 물건들이 그대로 놓여 있어 가장을 잃은 가족의 애틋한 마음이 아프게 전해져왔다. 역마살이 끼인 듯 항상 멀리 떠나기를 좋아했던 남편이 마지막에는 현실과 타협 못하고 술로써 자학한 것 같다고 그녀는 담담하게 이야기한다.

우리는 S씨의 사진이 내려다보고 있는 방에서 음식을 먹고 환담을 했다. 한창 즐거운 시간을 보내고 있을 때 며느리가 직장에서 돌아왔다.

일찍 와서 도와드리려고 했는데… 하며 미안해한다. 손님들에게 인사를 하라는 시어머니의 말에 이층으로 올라가더니 금방 한복으로 갈아입고 내려와서 우리들에게 큰절을 올린다. 급하게 한복을 입은 모습이 어설퍼 보였지만 신부가 뿌리는 화사함과 행복감이 같이 있는 사람들의 마음에도 따스하게 밀려 왔다.

그 집에서 이층은 새로운 사랑과 출발의 공간이다. 그 집의 안주인은 이층을 올리면서 그녀의 희망도 함께 올린 것이다. 제한된 공간 안에 또 하나의 공간을 만든다는 것—그것은 마치 엄마가 뱃속에 아기집을 갖듯이 새로운 생명을 예비하는 작업이 아니었을까? 이제 몇 년 안에 그 집에는 아기가 태어나고 이층에서는 아기의 웃음소리가 울릴 것이다.

아기는 계단을 오르내리며 무럭무럭 자랄 것이다. S씨는 떠나도 세월은 흐르고 그의 아내와 아들들은 한 지붕 아래서 다독이며 오순도순 살아갈 것이다.

눈감아도 선명하게 떠오르는 올해에 내가 만난 가장 아름다운 이층집의 그림이다.

(1999.)

차 한 잔의 세계여행

　흔히 여행을 싫어하는 사람은 없다고들 한다. 그러나 이 세상에는 여행을 좋아하지 않는 사람도 있다는 것을 결혼하면서 알게 되었다.

　여행에 관한 한 남편과 나는 상반된 견해를 가지고 있었던 것이다. 그는 여기저기 돌아다녀 보아야 시간낭비일 뿐 별로 유익할 게 없다는 생각을 가진 반면에, 나는 떠난다는 그 자체만으로도 충분히 가치가 있다고 생각하는 사람들 중의 하나가 아닌가.

　아이들이 어렸던 젊은 시절에는 일년 내내 가도록 '우리 며칠 여행이나 다녀옵시다'란 말 한마디 하지 않는 남편이 야속해서 눈이 퉁퉁 붓도록 운 적도 있다.

　올 여름에는 유난히도 주위의 많은 사람들이 동남아니 미국, 남미 등으로 여행을 떠난다고 한다. 그런 얘기를 들을 때마다 나도 혹시나 하고 막연한 바람을 갖지만 그게 어디 그렇게 쉬운 일인가. 게다가 그는 해외여행이 붐을 이룬다는 신문기사를 볼 때마다 '외화낭비요 과소비 풍조'라고 못박아버리니 운도 떼어보지 못하는 것이다.

　그에 의하면 에스컬레이터나 엘리베이터도 제대로 없

던 60년대라면 몰라도, 요즈음 선진국에 가서 구경할 것이 무엇이 있느냐는 것이었다.

어느 날 그가 외국보다 더 좋은 곳이 있다고 하기에 같이 가게 되었다.

강남의 시원스레 트인 도로를 따라가다 어느 높고 으리으리한 건물 옆에 자동차가 멈추었다. 입구에는 만국기들이 펄럭이고 유리문을 들어서니 아라베스크 무늬의 카펫 위로 높은 천장의 창으로부터 비쳐 들어온 햇빛이 부드럽게 아롱지고 있었다. 군데군데 놓여있는 키 큰 벤자민 화분들. 사람들은 푹신한 소파에 앉아 한가롭게 이야기들을 나누고 있다. 은은한 조명이 비치는 사이로 깔끔한 유니폼을 입은 아가씨들이 정중하게 차 주문을 받는다.

밖의 무더위와는 상관없는 쾌적한 실내온도와 감미로운 음악. 그 곳은 정말 외국의 어느 곳인 듯 나를 어리둥절하게 했다. 간간이 들려오는 외국어와 오고가는 금발의 모습들은 이국적인 분위기를 더욱 짙게 해준다.

커피를 주문했더니 웨이트리스는 정갈한 찻잔과 함께 커피를 주전자째로 두고 간다. 그 상냥함이라니!(나중에 커피값을 지불할 때 이 모든 우아함의 이유가 밝혀졌지만…)

우리는 마치 뉴욕 5번가의 백화점에서 쇼핑을 끝내고 잠시 차를 마시러 플라자호텔에 들른 사람들처럼 그 낯설고도 호사스러운 분위기에 젖어들었다. 그 동안만은 자질구레한 집안 걱정은 지구의 반대편에 두고 온 홀가분한 여행객이 되었던 것이다.

그날 이후 내가 여행 이야기를 꺼내기만 하면 남편은 차 한 잔 마시러 가자며 호텔 커피숍으로 이끌곤 한다. 차값이 아무리 비싸도 개의치 않는다는 듯이….

언젠가는 '리베라'라는 이름을 한 아담한 호텔의 커피숍에 들렀다. 창 밖으로 떨어지는 정원의 폭포를 보면서 말로만 듣던 리베라 해안과 지중해의 감청빛 바닷물을 상상해보았다.

그러자 플로방스, 해변의 묘지, 알베르 카뮈 등의 이름이 떠올랐다. 그리고 '여행은 우리들 마음속에 있는 어떤 내면적 무대장치를 부숴 버리는 것'이라고 한 카뮈의 말이 생각났다. 그의 말대로 우리가 가족이나 친지 또 모국으로부터 멀리 떨어져 전차의 요금이 얼마인지도 모르는 곳으로 간다면, 우리에게 의지가 되던 모든 것은 사라지고 단지 우리 자신만이 완전히 드러나리라. 그때에 우리의 일상에 가려져 있던 근원적인 고독이 불쑥 얼굴을 나타낼 것이다. 그러한 고독을 통해 우리는 사람들과 사물들을 다시 발견하게 되고, 그것은 다시 삶에의 사랑으로 이어지는 것이다. 여행에서 우리가 얻는 것은 결국 삶에 대한 열망인 것이다.

나는 어느덧 이 차 한 잔을 위한 외출을 즐기게 되었다. 화려한 호텔 로비에서는 어떤 당혹감과 외로움이 느껴진다. 그리고 그 외로움은 나를 어느 낯선 나라에 도착한 이방인이 되게 하는 것이다.

'스위스 호텔'의 로비에서는 알프스의 만년설을 꿈꿀

것이며, '르네상스 호텔'에서는 피렌체의 우피치 박물관에 앉아 있다고 상상할 수도 있으리라. 「비너스의 탄생」 앞에서 그 아름다움에 침잠하는 몽상에 잠긴들 누가 탓할 것인가?

그러다 보니 외국여행을 하기 위해 몇 시간 동안이나 좁은 자리에 갇혀서 멀미를 하며 비행기를 타야 하는 불편함이나, 친지들에게 줄 선물을 사는 번거로움으로부터 자유로울 수 있음이 그의 속 깊은 배려 때문이라는 생각까지 드는 것이다.

남편은 그의 작전에 내가 말려든 것이라고 생각하여 은근히 만족해하는 눈치이다. 어쩌면 그는 자기의 여행관에 내가 동조하게 된 줄 알고 회심의 미소를 짓고 있는지도 모르겠다. 그러나 어디까지나 나는 여행예찬론자임을 이 기회에 다시 한 번 부연해두고자 한다.

(1989.)

나의 가계부

해마다 여성잡지의 신년호는 경쟁이라도 하듯이 호화 장정의 가계부를 부록으로 내어놓고 있다. 십장생(十長生)의 그림이나 화려한 꽃무늬의 겉장을 보면, 살림하는 여자라면 누구나

'올해는 꼭 가계부를 써봐야지!'

하는 결심을 함직도 하다.

나도 정초에는 대단한 결심을 하고 가계부를 쓰기 시작하지만 언제나 2,3개월을 넘기지 못하고 호지부지되고 만다. 그래서 최근 몇 년 동안은 아예 쓸 생각조차 안하게 되었다.

가계부를 쓰게 되면 자연히 소비를 줄이게 되어 규모 있는 살림살이를 하게 될 것이다. 알뜰주부가 되고 싶은 바람이야 나도 간절하지만 계산을 맞추다보면 틀리기가 일쑤라 깨끗이 포기하게 되는 것이다.

어떤 슬픈 여류화가는 어려웠던 시절에 좋은 일이 있던 날은 가계부에 클로버를 그려 넣었다는데, 그건 숫자를 열심히 써넣는 것보다 훨씬 마음에 드는 이야기이다.

숫자란 사람들이 편리하게 살기 위해 만든 것일 텐데

우리는 언제부터인지 숫자에 매달려 살고 있지 않은가?

우리가 사는 집, 버스, 심지어는 우리 자신까지 무슨 무슨 번호라는 숫자가 대신한다. 사실 우리의 희로애락의 대부분이 숫자 때문에 연유하는 적도 많다. 부풀린 숫자는 또한 우리를 얼마나 허황된 망상에 젖게 하는가? 그래서 생텍쥐페리는 『어린 왕자』를 통하여 우리를 숫자로부터 구원하고 싶어했는지도 모른다.

우리의 생활에서 잠시도 숫자를 벗어날 수 없는 터에 휴식을 취할 저녁시간에 쪼그리고 앉아 숫자와 씨름한다는 것은 너무나 가혹한 일이 아니겠는가? 우리는 이미 뺄셈·덧셈이 딱 맞아떨어진다고 해서 좋아할 것도 없고, 흑자란의 숫자가 점점 커진다고 해서 우리의 행복도 자라난다고 착각할 만큼 단순하지도 않다.

이 나이의 내가 정작 기록하고 싶은 것은 콩나물 3백 원어치, 두부 한모가 아니라, 미소 한바구니, 사랑 한움큼, 혹은 삶에 대한 한아름의 추구의식이 아닐까?

나는 차라리 숫자가 없는 가계부를 기록하고 싶다. 그날 하루에 얻은 예술적 감흥과 자연에서 받은 기쁨, 또 불현듯 떠오르는 추억의 실마리를 적고 싶은 것이다.

내 가계부 항목을 사랑·자연·예술·은혜·추억 등으로 나누면 어떨까? 수지(收支)란에는 숫자 대신 한아름·한소쿠리·한움큼·눈곱만큼 등으로 적었으면 한다. 편의상 5·4·3 등 숫자로 표시하는 게 좋겠다(역시 우리는 숫자를 떠나서는 살 수 없는 모양이다).

어느 날 아침 FM에서 모차르트의 「클라리넷 5중주」

가 흘러나온다고 하자. 그 고뇌하는 영혼을 쓰다듬는 천상의 바람 같은 울림으로 하루의 첫소리를 귀에 실었다면 그날의 예술항목은 5점이 된다. 그러나 모차르트 대신 롯시니가 흘러나온다면 가산점은 없게 된다. 바하의 무반주 첼로 모음곡이나 슈만의 피아노곡들도 5점을 주겠다. 아침에 듣는 베토벤의 현악 4중주들은 5점을 받지만「운명 교향곡」은 점수가 낮아질 수밖에 없다.

다음, 출근하는 남편의 뒷모습에 피곤함이 서려 있어 노을빛 연민이 솟는다면 사랑란에 2점 정도 가산되리라.

그날 눈이 내린다면 자연에 점수를 준다. 장마철을 제외하고는 대체로 비 오는 날도 자연점수가 가산된다. 만약에 친구랑 고궁에서 첫눈을 맞이할 약속을 했다면 그날 자연점수는 단연코 만점이다.

그날 지하도에서 만난, 적선을 구하는 불구자에게 정말 가슴 찡한 미안한 마음으로(이것이 중요하다) 동전 몇 닢 내밀었다면 사랑 점수는 1점이 가산된다.

그러나 애써 잡은 택시를 딴 사람이 가로챘을 때, 눈을 흘기고 욕을 했다면 유감스럽게도 1점을 감할 수밖에 없다.

거리에서 쇼윈도의 마네킹이 입은 자주색 코트를 보았을 때, 제복을 벗고 대학에 입학해서 처음 맞추어 입은 코트를 연상했다면 추억란에 가산된다. 그러나 그 빛깔에서 2천년 전 빌라도 앞에 선 그분의 겉옷을 생각하고 잠시 묵상에 잠겼었다면 은혜란에 가산한다.

이것은 종래의 가계부에서, 빵을 샀을 때 식구들을 위

해 샀으면 주식(主食)난에 적고, 친지 집을 방문하기 위해 샀다면 사교란에 적어야 되는 것과 같은 이치이다.

올해의 나의 가계부가 어떻게 씌어질지는 모른다. 그러나 내용란에는 모차르트·기도·눈·노을빛·자주색 코트 등 나만이 아는 즐거운 부호로 가득 찰 것이다.

어차피 우리의 삶처럼 나의 가계부도 숫자로부터 자유로울 수 없다면, 어느 항목이나 수치가 많아져서 올 연말쯤에는 행복도 한아름 느꼈으면 한다.

해가 갈수록 수치가 늘어나는 가계부가 쌓인다면 나의 삶은 바라는 대로 풍성한 삶이 될 수 있을까? 아니면 그런 기대 또한 숫자에 현혹된 나의 또 다른 착각일까?

(1987.)

여름 ─ 세 개의 이미지

비둘기

이층 아들 방 한쪽 벽에는 비상구가 있고, 그 바깥에는 에어컨의 실외기(室外機)가 놓인 좁은 공간이 있다. 얼마 전서부터 식구들 말이 그 근처에서 비둘기 소리가 난다는 것이다. 어느 날 문을 열어 보았더니 새의 깃털이 여기저기 흩어져 있고 그 사이로 조그만 둥지에 하얀 알이 두 개 놓여 있었다. 실외기와 벽 사이의 한 뼘이나 될까 말까한 공간에 비둘기가 둥지를 틀고 알을 낳은 것이다.

다음날 다시 문을 열어 보았더니 조그만 진한 잿빛 비둘기가 알이 놓였던 자리에 꼼짝 않고 앉아 있었다. 회색의 시멘트 벽 옆이라 눈에 잘 띄지 않았다. 보호색을 찾아 이곳으로 날아든 것일까? 그날 이후 나는 아침저녁으로 비둘기가 잘 있는지 살피는 게 일과가 되었다. 언젠가는 무더위 때문에 잠을 이룰 수가 없었다. 그래서 무심코 에어컨을 켰다가 깜짝 놀라 끈 적도 있다. 실외기의 소음과 더운 바람이 비둘기를 내몰지나 않았을까 걱정이 되었다.

다음날 아침 이층에 올라가 두근거리는 마음으로 비상구를 열었다. 그러나 비둘기는 여전히 알을 품고 있었다. 그는 매일매일 앉는 각도를 조금씩 달리하는 것을 알 수가 있다. 아마도 알이 열을 고르게 받기 위해서인 것 같다. 마치 자신의 생애를 다 거는 것과 같은 심각한 표정으로 앉아 있다. 어느 때는 꽁지가 흰색인 다른 비둘기가 품고 있는데, 아마 암수 두 마리가 교대로 알을 품는 모양이다.

'성령이 비둘기같이 내려온다'는 성경 구절도 있지만, 비둘기가 내 집에 둥지를 틀었다는 사실을 나는 내 영혼이 잘 되리라는 축복으로 여기고 싶다.

이십 년 전에 베니스의 성 마르코 성당의 광장에서 만난 비둘기 떼들…. 며칠 전 옛날 사진을 정리하다 그때 찍은 사진을 사진틀에 넣었었다. 사진 속에서 여섯 살의 아들은 빨간 고깔모자를 쓰고 어깨를 움츠리며 웃고 있다. 머리 위에는 비둘기 한 마리가 앉은 채…. 아들의 방 앞에서 알을 품고 있는 이 비둘기는 혹시 이십 년 전 아들의 머리 위에 앉았던 그 비둘기의 후손이 아닐까? 이 비둘기는 조상으로부터 입력된 정보의 인도로 이 여름날 아들의 방 앞에 찾아왔는지도 모른다.

그는 오늘도 고통 가운데서도 오래 참고 견디는 성자(聖者)의 모습으로 꼼짝 않고 한 자리에서 여름을 나고 있다.

금붕어

　몇 년 전부터 거실에 조그만 수조를 두고 열대어를 키워왔다. 열 마리 남짓 손가락만한 물고기들이 자유롭게 유영하는 것을 보는 것은 정말 즐거운 일이었다.
　어느 날 열대어 집에 들렀다가, 온몸이 하얗고 눈은 새빨간 열대어가 있길래 한 마리 사다 넣고, 이름을 백설공주라고 지었다. 백설공주는 재빠르고 활기차고 온 어항을 누비며 헤엄치고 다녔다.
　그런데 며칠 후에 조그만 물고기가 죽어 떠올랐다. 그리고 한 일주일 가량 간격을 두고 물고기가 한 마리씩 죽어가는 것이었다. 이상한 생각이 들어 어항을 오랫동안 관찰했더니, 이 백설공주가 물고기들을 못살게 구는 것이었다. 입으로 툭툭 치기도 하고 따라다니면서 몸을 부딪치는 것이다. 그래서 물고기들이 비늘이 벗겨지고 시난고난하다 결국은 죽어버리는 것이다.
　그 하얗고 아름다운 몸뚱이 속에 숨어 있는 잔인성에 마음이 섬뜩해졌다.
　조용한 어항 속이 공포의 세계였던 것을 우리는 몰랐던 것이다. 백설공주를 도로 열대어 파는 집에 갖다 주기로 하고 차일피일하는 동안에 물고기는 한 마리씩 다 죽어버리고 결국에는 백설공주 혼자만 남았다.
　그래 꼴 좋다. 너 혼자만 어항 차지하니 살맛 나냐? 하면서도 때맞춰 먹이를 주었다. 그런데 한 달 가량 지난 후 물을 갈아준 다음 날 그도 죽어 있는 것을 보았다. 아쉽고도 섭섭했다. 그래서 이번에는 금붕어를 두 마리 사다 넣었다.

내가 응시하는 이 어항은 축소된 자연이다. 강바닥에는 흰 조약돌이 깔려 있고, 물풀이 있고, 산호와 바위도 있다. 가만히 앉아서도 물의 단면을 볼 수 있다. 유리 상자에 담긴 네모난 물이다. 그 투명체가 주는 청량감으로 거실 한 구석에 맑은 기운이 도는 것 같다.

물고기의 움직임에 따라 물도 같이 살아 움직인다. 금붕어들은 금실 좋은 부부처럼 서로 이리저리 어울리며 노닌다. 어항 속에 평화가 다시 왔다.

나는 앉았다 서기도 하고 몸을 옆으로 움직여 본다. 보는 각도에 따라 금붕어는 네 마리가 되었다가 세 마리가 되었다 한다. 아니 모서리 옆에 비켜서서 보니 다섯 마리, 여섯 마리로까지 보인다.

어떤 것이 실상(實像)이며 어떤 것이 허상(虛像)인가? 그들은 황금빛 노을같이 찬란한 몸빛으로 부드럽게 움직인다. 정지함 없이 율동과 떨림의 연속이다. 꼬리지느러미를 흔드는 모습이 불꽃이 일렁이는 것 같다.

물 속에서 불꽃이 춤춘다.

미모사

양재동 꽃시장에 갔다가 앙증맞은 미모사 화분 세 개를 사왔다.

조그맣고 갸름한 이파리들이 아까시나무 잎처럼 줄기 양쪽으로 나란히 붙어 있는데, 손가락을 갖다 대면 마치 간지럼타는 소녀가 어깨를 움츠리듯 잎을 오므린다.

또 기절이라도 한 것처럼 고개를 푹 숙이고 한참 있다 배우가 연기를 하듯이 서서히 깨어난다. 물방울이 닿거나, 빛이 사라지고 어둠이 내려앉아도 몸을 접는다.

내가 미모사를 처음 본 것은 초등학교 다닐 때였다. 여름방학 때 통영에 있는 외갓집에서 이 신기한 풀을 보았다. 부엌 앞에 있는 화분들 중 하나였는데 외숙모는 내 손가락을 그 풀에 갖다 대며 미모사라고 가르쳐 주셨다.

그 해 여름에 반딧불이도 보았다. 저녁밥을 먹은 후 마당에 나가 평상에 앉아서 외사촌들과 이야기하고 놀고 있으면 개똥벌레들이 희미한 불빛을 꼬리에 달고 이리저리 날아다녔다.

미모사를 보면서 외숙모를 생각했다. 구십을 바라보는 그분은 치매로 몇 년째 망각의 세월을 보내고 계신다.

식물이 바흐를 좋아한다던가, 식물도 스트레스를 많이 느끼면 자살하고 싶어한다는 어느 식물학자의 말에 전적으로 동감하게 된 것도, 어린 시절 내 손가락에 닿던 미모사의 감촉 때문이다.

내 손가락이 닿자마자 미모사는 잎을 오므린다. 그는 나와의 접촉을 경계하는 듯 보인다.

내가 그와 교감하기 위해서는 바라보는 것만으로도 충분하다는 뜻일 게다.

이 연약한 풀이 갖고 있는 감수성에 나는 감탄한다.

　이 세 개의 생명은 유연하고 섬세하고 그러나 깊은 사랑의 이미지로 내 곁에 머물고 있다.

　여름이 가면, 어쩌면 이 여름이 가기 전에 이들은 하나씩 나를 떠날 것이다.

　사물은 항상 변하기 마련이고, 인연이 다하면 헤어지는 것….

　장마가 시작되나 보다.

（2001.）

2.

신용카드

노점상

족집게, 국기함, 다리미판, 도장집 등 육교 위의 노점상에는 옛날 방물장수가 보따리를 풀어놓은 듯 아기자기한 생활용품이 펼쳐져 있다. 한옆에는 만세력, 꿈풀이 사전, 명심보감 같은 책들도 놓여 있다.

나는 육교 위나 지하도 입구의 노점상에서 즐겨 물건을 산다. 백화점이나 시장에서는 찾기가 어려운, 그러나 일상생활에서 없으면 불편한 물건들이 노점상에서는 쉽게 눈에 띄기 때문이다.

그러나 그것보다는 바쁜 걸음을 멈추고 이것저것 물건들을 구경하고 있으면 어딘지 마음의 여유가 생겨나고 훈훈한 기분이 들기 때문이다. 때론 불량품을 살 때도 있고 집에 사다놓고 쓰지 않을 때도 있지만 살 때는 언제나 풍성한 마음이다.

규격화되고 기계적인 도시에서 노점상들의 활기찬 모습은 도시인의 숨통을 트이게 해준다.

유리창이 번쩍이는 높은 빌딩 아래에 올망졸망 돗자리를 펴고 있는 노점상들을 보면, 마치 값나가는 정원수로 잘 손질된 정원 한 귀퉁이에서 자연스럽게 자라난 토끼

풀이나 명아주 같은 풀꽃들을 발견했을 때처럼 반갑고도 친근한 느낌이 든다.

양동이마다 색색의 꽃을 한 다발씩 꽂고 파는 꽃장수 아주머니, 여름방석이나 사진틀을 늘어놓고 파는 수더분한 아저씨, 리어카에 옷가지를 잔뜩 싣고 외치는 청년….

그들의 일은 그날 하루의 생존과 직결되기에 그만큼 치열하고 그 싱싱한 삶의 모습에 나는 감동을 받는다.

육교 위의 노점상들이 복고적인 감회를 불러일으키는데 비해서, 지하도에는 보다 창의력이 풍부하고 미래지향적인 노점상들이 많다. 니코틴을 제거하는 파이프, 한 번 닦으면 절대로 다시 녹이 슬지 않는다는 녹제거제, 휴대용 가스 레인지, 경혈을 자극하여 영원히 늙지 않게 한다는 쑥뜸기…. 그들은 발명가이며 국민건강에 이바지하는 보건전문가들인 것이다.

어느날 지하도를 지나는데 사람들이 둘러서 있어 가보았더니 니코틴이 98퍼센트 제거된다는 파이프를 팔고 있었다. 특허를 딴 지 일주일밖에 안되었는데 곧 세계시장에 진출할 것이라고 한다. 유리관에다 담배에서 나온 니코틴을 뽑아 보이고 사진 도판을 펴보이며, 담배 한 개비가 5분의 수명을 단축시킨다고 외친다.

모인 사람들은 진지한 표정으로 경청하고 있었지만, 막상 파이프 사기를 권했을 때는 한두 사람만 빼고는 모두 자리를 떠난다.

대체로 청계천 쪽의 노점상들은 기동력과 순발력이 뛰어나다. 주로 리어카에 물건들을 싣고 팔면서 단속반이

나타났다 하면 재빠르게 피할 수 있는 준비가 되어 있는 것이다.

석양 무렵, 하루를 마감하고 리어카를 끌고가는 그들의 뒷모습에는 삶의 고달픔이 자우룩이 서려 있다.

찬바람이 불기 시작하는 초겨울, 거리에 나온 군밤장수, 땅콩장수는 얼마나 우리들의 쓸쓸한 마음을 따스하게 해주었던가.

가난한 애인들의 발길을 이끄는 포장마차의 불빛….

우리 아파트 앞 건널목에는 언제나 꽃장수 아주머니가 앉아 있다. 지나가다 보면 점심도 그 자리에서 먹는 것을 볼 수 있었다.

며칠 전에 꽃을 사러 갔더니 단속반원과 실랑이를 하고 있었다. 단속반원은 그녀의 양산을 빼앗으며 철거할 것을 종용하고, 그녀는 거스름돈을 내어줄 것도 잊은 채 정신나간 사람처럼 어두운 표정을 하고 있었다. 그녀의 눈빛은 불안해 보였지만 어딘지 단호함이 엿보였다. 나는 그녀를 앞으로는 못 볼 것 같은 생각이 들었다.

그러나 다음날은 비가 오고 있었는데, 그녀는 여전히 그 자리에서 자기는 비를 맞는 줄도 모르고 꽃들에게 비닐을 덮어씌우고 있었다.

오늘도 그녀는 해에 그을러 기미가 잔뜩 끼인 얼굴로 장미, 글라디올러스, 백합 등 향기 짙은 꽃들을 팔고 있다.

가끔 아리따운 아가씨들이 장미를 한 다발씩 사가곤 한다. 아마 내일도 모레도 그녀는 그곳에서 꽃을 팔 것이다.

마치 밟아도 밟아도 다시 일어나는 질경이꽃같이.

(1989.)

줄서기에 대하여

　내가 사람들이 줄을 서고 있는 모습을 유심히 보게 된 것은 약 이십 년 전에 처음으로 미국에 갔을 때였다.
　점심을 먹기 위해 어떤 식당에 갔었는데, 사람들이 모두 일렬로 서서 큰 쟁반을 하나씩 들고 자기 차례가 오기를 기다리고 있었다. 차례가 오면 주는 대로 음식을 받는 것이다.
　그것은 나에겐 충격이었다.
　한 끼의 식사를 위해 줄을 서다니! 전쟁 중에 밀가루 배급을 받는 것도 아니고….
　초등학교 시절에, 선진국이 되려면 줄을 잘 서야 된다며 노란 리본을 가슴에 달고다닌 적도 많은데, 과연 선진국 사람들은 줄을 잘 서고 있었다.
　그러나 그것이 질서 있게 보이기보다는 한 사람 한 사람의 무표정한 얼굴에서 문명생활의 삭막함과 쓸쓸함이 엿보임을 어쩔 수 없었다.
　대체 사람들은 언제부터 줄을 지어 서기 시작했을까?
　아마도 최초의 인간들은 광활한 자연 속에서 자유롭게 활보했을 망정 줄을 서는 방법은 잘 몰랐을 것이다.

내 머리에 얼핏 떠오르는 역사 속의 줄을 지어선 사람들의 모습은 2차대전 때, 독일 나치의 박해를 받는 유태인들의 행렬이다. 벌거벗긴 채 가스실 앞에서 차례를 기다리는 사람들, 그리고 사진이나 영화를 통해서 본 1930년대 세계대공황 때, 직장을 구하기 위해 혹은 자선식당 앞에서 줄을 선 남루한 차림을 한 사람들 모습도 떠오른다. 사회주의국가에서 빵을 사기 위해 줄을 서 있는 사람들도 생각난다. 그러나 사람들이 줄을 서기 시작한 것은 그 훨씬 이전일 것이다.

아마 군대란 것을 만들면서—인간이 전쟁을 하기 시작하면서 줄 서는 법을 연습하기 시작하였으리라. 사람들을 지배하고 명령을 내리려면 먼저 줄을 잘 세우는 것이 필요했을 것이다.

모든 사람들이 줄을 지어 서기를 거부했다면 이 세상에 전쟁이란 것이 생기지 않았을지도 모른다.

어머니의 품속에서 놀던 어린아이들은 처음으로 초등학교에 입학하면서 줄을 서는 법을 배운다. 그러나 '앞으로 나란히!'를 연습하면서부터 자유로운 상상력과 반짝이는 감성(感性)의 시기는 막을 내리고, 반복되는 학습과 함께 경쟁의 요령을 터득하게 된다.

우리를 둘러싸고 있는 자연은 그 여유 있는 질서로 우리에게 즐거움을 준다. 냇가에 줄을 지어 선 미루나무들은 보기만 해도 싱그럽다. 가지런히 돌로 쌓아올린 돌담도 정다워 보인다. 전깃줄에 나란히 앉아있는 참새들은 또 얼마나 사랑스러운가?

그러나 사람들이 열을 지어 서 있으면 각 사람의 개성이 모두 마멸되어 생명력이 없어 보인다. 어린애들이 너무 줄을 잘 서 있으면 어딘지 부자연스러워 보인다. 청년들이 일렬로 서 있으면 정열이 없어 보이고, 차례를 기다리며 줄을 지어 선 노인들은 무기력하고 외로워 보인다. 아름다운 미녀(美女)들도 미인대회에 나가서 줄 가운데에 서 있으면 어쩐지 백치(白痴)같이 보이기가 쉬운 것이다.

훈련이 잘된 매스 게임이나 제복을 입은 군인들의 질서정연한 행진을 보면 기계같이 일률적인 동작에 감탄은 하게 되지만 어떤 감동적인 아름다움을 발견하기는 힘들다.

그러나 그런 가운데에도 내가 즐겨보는 줄서는 모습이 있으니, 그건 다름 아닌 축구시합을 할 때이다. 심판으로부터 프리킥을 선고(宣告)받았을 때, 선수들이 웅기중기 공을 막기 위해 마치 벌을 서는 아이들처럼 옆으로 나란히 서는 것을 보며 나도 모르게 웃음이 나온다. 그 우락부락한 선수들의 수줍은 듯 엉거주춤한 모습이 긴장감이 감도는 팽팽한 승부의 시간에 잠깐이나마 여유를 주는 까닭이다. 내가 가끔 축구중계를 보는 것은 혹시 이 장면을 볼 수 있을까 해서이다.

길을 가다보면 차를 타기 위해 줄을 선 사람들의 모습을 보게 된다. 해질 무렵, 바람 부는 길가에 서서 줄을 서고 있는 사람들을 보노라면 왠지 콧잔등이 시큰해진다.

우리는 무엇을 기다리며 저렇게 줄을 서 있는 것일까?

보이지 않는 끈에 묶인 듯 묵묵히 서 있는 모습에서 보는 인간의 무력함과 왜소성(矮小性)이 새삼스럽게 가슴에 와 닿는다.

나는 줄서기를 싫어한다.

그러나 어쩌랴. 오늘도 나는 슈퍼마켓에서 장바구니를 들고 줄을 서 있다. 계산대 앞에서 앞사람의 뒤통수를 바라보며 무심(無心)히 내 차례가 오기를 기다리고 있는 것이다.

(1987.)

회전문

거리에 나가보면 모든 사람들이 바삐 움직이고 있다. 조금이라도 더 빨리 가기 위해 걸어도 될 거리를 자동차를 타고 가고, 계단을 두고도 에스컬레이터를 사용한다.

무엇을 위하여 그렇게 바쁘게 서두르는지….

나는 워낙 상황에 대한 판단이 느리고 운동신경이 둔하다보니 빠르게 움직이는 기계종류는 모두 경계하는 대상이 되고 말았다. 그래서 현대여성의 필수조건이라고 하는 운전면허를 몇 년 전에 따놓고도 아직 운전할 엄두를 못 내고 있다. 내 손으로 자동차를 움직여 저 줄지어 달리는 기계의 대열에 끼일 것을 생각하면 진땀이 절로 나기 때문이다.

또한 백화점에 설치되어 있는 에스컬레이터를 탈 때에도 언제나 조심스럽고 두려운 마음이다. 마음속으로 '하나, 둘, 셋'을 세면서 발놓을 자리를 눈여겨보았다가 단숨에 발을 딛고 올라서면 그제서야 안도의 한숨이 나온다. 그 톱니바퀴 같은 계단들 틈새로 발이 빠져들지 않은 행운을 무한히 감사하게 되는 것이다.

어쩌다가 양손에 쇼핑백이라도 들고 하행(下行) 에스

컬레이터를 탈 때에는 정말 난감하다. 잘못 발을 내딛다가는 당장 아래로 곤두박질쳐버릴 것만 같아 온몸의 신경이 발끝에만 가 있게 된다. 다이빙대 끝에 선 수영선수의 심정이 이러할까? 아랫배에 힘을 단단히 주고 오른발 왼발을 차례대로 재빠르게 계단으로 내려디디고 나면 일단은 성공한 셈이라 마음을 놓는다. 중심을 못 잡아 몸이 잠깐 기우뚱해도 속으로는 쾌재를 부르는 것이다.

그러나 그 무엇보다 나를 곤란하게 하는 것은 요즈음 대부분의 빌딩 입구에 설치된 회전 유리문 앞에서이다. 옆에 보통 출입문을 두고도 왜 굳이 빙글빙글 돌아가는 회전문이 있어야 하는지 나는 도무지 알 수가 없다. 혹시, 드나드는 어린아이들을 즐겁게 해주기 위해서라면 수긍이 가겠지만….

어쩌다가 큰 건물에 들어갈 때, 나는 회전문 앞에서 항상 긴장을 느낀다. 마치 어릴 때 친구들과 줄넘기 놀이를 하면서 그 회전하는 반원 속에 뛰어들 때처럼….

어린 시절 그 정확한 투신(投身)을 위해서 얼마나 많은 망설임과 결단을 반복했던가. 때로는 비장한 각오 끝에 두 눈을 꼭 감은 채 뛰어들곤 하지 않았던가? 실패하지 않기 위해서는 무엇보다 호흡을 잘 가다듬고 단숨에 들어서야 한다. 그건 상당한 민첩을 요구했다.

회전문 앞에서도 그건 마찬가지이다. 나의 몸을 용납하는 공간이 미처 내 앞에 오기 전에 미리 그곳을 향하여 전진해야 하는 데 어려움이 있는 것이다.

회전문에 일단 들어서면 자신의 의지와는 관계없이 문

의 속도에 발걸음을 맞추게 되어 있다. 직립인간으로서
두 팔을 흔들며 유유히 걷는 자유를 잠시 동안이나마 유
보하지 않을 수 없는 것이다. 마치 무성(無聲) 영화시대
의 찰리 채플린처럼, 또는 기모노를 입은 일본 여성처럼
발걸음을 짧게 놓아야 무사히 회전문을 빠져나올 수 있
다. 따라서 군자다운 체면과 요조숙녀로서의 품위를 지
키기에 회전문은 합당치가 않은 것이다.

가령 어느 빌딩 입구에서 수십년만에 옛날 애인들이
우연히 마주쳤다고 하자. 그러나 회전문 안에서는 말 한
마디 나누지 못하고 반대방향으로 돌면서 헤어져야 한
다. 극적인 해후(邂逅)가 이루어질 수도 있는 순간에, 유
리문으로 쓸쓸한 일별(一瞥)만 나누면서….

그러나 회전문을 통과할 때 영화에서 보는 것처럼 도
망치는 범인과 뒤쫓는 형사가 돌고 도는 장면보다 더 실
감나는 때는 없을 것이다. 그것이 코미디 영화이건 007
식 첩보물이건….

아무래도 회전문이 자리해야 할 곳은 고층건물의 입구
가 아니라 연극이나 쇼의 무대 위가 아닌가 싶다. 회전문
이야말로 마술사의 소도구로도 쓰임직하지 않은가! 들어
갈 때에는 젊은 아가씨가 들어가서 나올 때에는 허리굽
은 할머니가 되어 나온다든지, 호랑이가 들어가서 나올
때에는 고양이가 되어 있다든지 말이다.

때로는 나 같은 사람으로 인해 회전문 앞에 사람들이
밀리기도 하는데, 여러 사람에게 서로 양보하고 나중에
들어가겠다고 사양하는 것은 미덕이 못된다. 마음의 준

비가 된 사람부터 한 사람이라도 먼저 회전문을 통과하는 게 현명한 일이다. 장유유서(長幼有序)의 아름다운 질서를 잠깐 잊어야만 하는 것도 회전문 앞에서이다.

살아가면서 나에게 부딪쳐오는 일들 앞에서도 회전문 앞에서처럼 망설이고 뒤로 미룰 때가 많다. '이번에는 꼭' 하면서도 유리문이 몇 개나 빙빙 돌며 지나가기를 기다린다. 정작 들어서고 보면 벌써 몇 바퀴 돌고 난 뒤가 된다. '아차' 했을 때에는 항상 한 발이 늦어 있음을 발견한다.

모든 일이 너무 정신 없이 빨리 돌아간다.

때로는 살아간다는 것이, 정지하고 싶어도 어쩔 수 없이 빙글빙글 도는 유리문 안에서처럼 현기증과 당혹감을 줄 때도 많다. 그러다가 언젠가는 회전문에 떠밀리듯이 이 세상에서 밀려나버릴 때가 오지 않겠는가?

자동차를 타고, 에스컬레이터를 타고, 그렇게 바쁘게 서두르지 않아도 그때는 어김없이 찾아오리라.

회전문 앞에 설 때, 나는 이 세상에서 내가 차지하고 있는 공간에 대한 불확실성을 첨예하게 느끼곤 한다.

(1988.)

신용카드

빚은 사람을 노예로 만든다고 한다. 그래서 우리의 옛말에도 '빚진 종'이란 말이 있다.

그런데 몇 년 전부터 우리 사회에서 통용되기 시작한 신용카드란 제도 때문에 많은 사람들이 빚을 지며 살고 있다. 경제가 발전하였으니 부자들이 되었으련만 어찌하여 빚진 자로서 살게 되었는지….

염치와 예의를 숭상하던 우리의 조상들은 빚을 지는 것을 큰 수치로 여겼는데 요즈음의 우리들은 그것을 보통으로 생각한다. 오히려 신용카드가 무슨 신분의 상징처럼 인식되어 권위 있는 사람일수록 많은 종류의 카드를 가지고 있다고 한다.

신용카드가 없으면 현대인의 대열에 못 끼기라도 하는 듯 카드 가입자는 날로 늘어간다.

가구나 의복에서부터 음식에 이르기까지 무엇이든지 돈도 내지 않고 먼저 입고 먹고 마시니, 우리는 자신도 모르는 사이에 물질과 향락의 노예가 되는 게 아닐까.

나도 어쩌다가 한두 개의 신용카드를 갖게 되었다. 그런데 요즈음 그것은 없느니만 못하다는 생각이 들 때가 많다. 카드로 인해 자연히 씀씀이도 헤퍼지거니와, 만약 잃어버려서 다른 사람 손에 들어가면 봉변을 당하기도 한다는 얘기를 들으니 그것을 간수하는 데 여간 신경이 쓰이지 않는 것이다.

핸드백 속, 깊숙이 간직하고도 없어진 줄 알고 가슴이 덜컹 내려앉은 게 벌써 몇 번이었는지…. 정말 그때는 나의 '신용'을 송두리째 잃어버린 것처럼 당황했었다.

물건을 산 후에 카드를 주면 점원은 조그만 기계에다 카드를 집어넣고 종이에다 대고 꾹 누른다. 그러면 숫자와 함께 내 이름이 시퍼렇게 박혀 나오는 것을 보면 섬뜩한 기분이 된다.

옛날에 노예의 등에 화인(火印)을 새겼듯이 내 이름 석 자가 선명하게 드러나는 것이, 마치 내가 물신(物神)의 노예라도 된 듯 떨떠름해지는 것이다. 금빛으로 반짝이는 그 알따란 카드는 어쩌면 현대판 '노예증'인지도 모른다.

물질과 상혼(商魂)의 노예….

카드를 가진 이후 나는 우울한 월말을 맞이하고 있다. 월말이면 날아들어오는 각종 청구서가 나를 얽매이게 하기 때문이다.

알라딘의 요술 램프처럼 무엇이건 원하는 것은 우리 손에 쥐어주던 환상의 카드가, 월말이 되면 안토니오의 살 한 파운드를 요구하던 냉혹한 샤일록으로 변하고 만다. 그래서 한 달의 마지막을 한숨으로 마감하게 된 것이다.

카드를 사용할 때마다 나는 자신이 『장자(莊子)』에 나오는 어리석은 원숭이가 된 것 같은 느낌일 때가 많다.

점원은 언제나 상냥하게

"월부예요, 일시불이에요?"

하고 묻는다.

그것은 마치 저공(狙公)이 원숭이들에게

"도토리를 아침에 셋, 저녁에 넷 줄까? 아니면 아침에 넷, 저녁에 셋을 줄까?"

하고 묻는 것같이 들린다.

아침에 도토리 넷을 받기를 원한 그 원숭이들처럼 나도

"월부요."

하고는 덤이라도 얻은 듯 만족해하는 것이다.

그러나 어차피 내가 낼 몫인데 나누어서 내는 게 이롭다고 착각하는 내 자신에 대한 모멸감이 언제나 뒤따르게 마련이다.

요즈음에는 나날이 새로운 물건이 선보이고, 들리는 것이나 보이는 것이 모두 아름답고 편리하다는 상품의 선전이다. 온갖 미사여구를 동원하여 문화의 품위 또는 세련됨을 내세우며 소비를 부추긴다.

아무래도 지금은 이웃나라의 교훈에 나오는 세 마리 어리석은 원숭이처럼 차라리 눈도 가리고, 귀 입도 가리고 살아야 될 것 같다.

요즈음 말썽을 빚고 있는 지나친 소비와 사치풍조의 원인 중에는 신용카드도 한몫 거들고 있을 것이다.

아무래도 요즈음의 우리는 '신용'을 너무 남발하지나

않나 하는 마음이 든다. 과연 우리의 신용은 무엇에 근거를 둔 것일까.

우리가 소유한 물질이 신용의 근거라면 그것이야말로 금방 사라질 아침 안개같이 허망한 것이리라.

누군가 말했듯이 사람들이 소유한 재산이란 자기 집 마당에 내려앉은 새와 같아서 언제 날아갈지 모른다지 않는가. 그렇다면 육신일까 지식일까. 앞으로 노쇠해서 흙으로 돌아갈 육신이나, 건망증 심한 기억력과 얄팍한 지식은 더욱 믿을 게 못될 것이다.

결국 인간의 신용은 따뜻한 마음씨, 남에 대한 배려와 풍부한 인간성, 그리고 무엇보다 순결한 영혼에 근거를 두어야 할 것이다. 그런 생각을 할 때 나는 자신이 너무나 부끄럽게 생각되는 것이다. 정말 보잘 것 없는 신용을 담보로 빚을 지고 살아가고 있으니, 지금쯤 나의 신용을 한번 점검해봐야 되지 않을까.

우리는 태어나는 순간부터 보이지 않는 빚을 지며 살아간다. 한 순간도 다른 사람의 도움이 없이는 살아갈 수가 없는 게 우리 삶이다. 우리의 의식주에서부터 보는 것, 듣는 것에 이르기까지….

우리가 지고 있는 사랑의 빚은 또 얼마나 많은가. 우리가 진정 갚아야 되고 두려워해야 할 것은 보이지 않는 사랑의 청구서가 아닐까.

우리가 값없이 누리는 이 무량한 햇빛, 맑은 바람과 아름다운 꽃, 눈부신 눈, 이 모든 것은 어디로부터 오는 것일까.

　어쩌면 우리는 신(神)으로부터 커다란 신용카드 하나씩을 받고 이 세상에 나온 것은 아닐까.

　아무 담보도 없이 누리는 생명의 무한한 환희! 일상(日常)이 주는 잔잔한 기쁨!

　언젠가 이 세상에서의 삶이 거두어질 때 내 몫의 청구서에는 얼마나 많은 빚이 남아 있을까. 문득 두려운 마음이 들기도 한다.

(1989.)

열쇠소리

아파트에 살게 되면서 꼭 필요한 물건이 된 것은 열쇠와 아파트용 김치독이었다.

김치독은 그해 가을에 사서 몇 년 동안 쓰고 있으니까 별 문제는 없었지만 열쇠는 가끔 잃어버리기도 하고, 휴대를 해야 할 때 하지 않아 일이 생기곤 한다.

처음 이사와서 얼마 안되어서는 열쇠를 안 가지고 나가서 한 시간 동안 문 밖에서 다른 식구가 오기를 기다린 적도 있었다.

언제부터인가 외출에서 돌아와서 빈 아파트에 열쇠를 꽂을 때에는 항상 작은 염려가 마음속에서 고개를 든다. 혹시 열려 있으면 어떻게 하나? 모르는 누군가가 나 없는 동안 열쇠를 열고 들어와 있으면 어떻게 하나? 또 이 열쇠가 안 맞으면 어떻게 하나? 그러나 열쇠는 항상 제자리에 꽂히면 어김없이 '찰카닥' 하고 문을 열어준다. 나는 그제서야 안도의 숨을 내쉬는 것이다.

나는 자물쇠와 열쇠가 맞물려 찰카닥 열릴 때의 그 작은 감격 같은 낮은 울림을 좋아한다. 그건 마치 오랫동안 입안에서 뱅뱅 돌던 어떤 이름이 머릿속에서 번쩍 생각

나는 순간 같기도 하고, 한동안 욕망과 집착에 싸여 괴로
워하다가 하루아침에 탁 털어버리고 일어서는 순간의 마
음의 자유로움 같다고나 할까?

언젠가 목욕실이 잠겨서 집의 열쇠란 열쇠를 총동원한
적이 있었다. 이것저것 꽂아보았으나 맞는 것이 없었다.
맞지 않는 열쇠를 꽂아서 안 열릴 때의 그 답답함을 어디
에다 비기랴. 마치 아무리 뛰어도 제자리걸음인 꿈속처
럼 안타까웠다. 그건 또한 지나가 버린 시간의 안타까움
만큼이나 절실하다. '그때… 했더라면 좋았을 걸…' 하고
부질없는 회한 같은 것이기도 하다.

우리가 살아가면서 부딪치는 모든 인생문제가 모두 열
쇠소리처럼 '찰카닥' 하고 명쾌하게 풀어진다면 오죽 좋
으랴? 나는 할 수만 있다면 이 세상 모든 사람들에게 잘
맞는 열쇠 하나씩을 선사하고 싶다. '찰카닥' 하는 진동음
으로 가득찬 세계를 상상해보라. 잠깐 동안일지라도 지
구는 즐거운 축제일이 될 것이다.

열쇠를 보면 떠오르는 옛날 영화가 있다. 배우들 이름
은 잊었지만 「마음의 행로」라는 영화이다.

기억상실증에 걸린 남자 주인공이 옛날의 자기 집 열
쇠를 항상 손안에 넣고 기억을 되살리려 애쓰는 모습이
다.

그의 비서로 취직한 부인도 못 알아보지만 그 부인의
노력으로 그는 옛날 살던 동네 가까이 가게 되고, 옛집을
보는 순간 기억을 되찾게 된다. 항상 손에 가지고 있던
열쇠로 찰카닥 문을 열 때 그는 잃어버렸던 과거를 되찾

는 것이다.

"폴라!"

하며 부인의 옛 이름을 부르는 순간, 그의 얼굴마저 무기력한 노인에서 활기찬 젊은이의 표정으로 변하던 장면을 난 잊을 수 없다.

하루를 지내면서, 계획한 대로 모든 일이 이루어지고, 사람과의 만남에서 서로 어떤 이해와 따뜻한 공명을 느낀 날은 잘 맞는 열쇠로 '찰카닥' 하고 자물통을 연 것 같이 기분 좋은 하루가 된다.

어찌 사람과의 만남뿐이랴. 우연히 뽑아든 문고판 책에서 오래 전에 끼워둔 한 장의 빛 바랜 꽃잎을 발견했을 때, 우리는 그 동안 잠겨만 있었던 마음의 문을 열고 순수했던 학창시절의 꿈을 더듬어보기도 한다. 코를 스치는 한줄기 매캐한 연기내음에서 이효석의 수필을 생각하고 앞서간 이들의 맑은 정서에 접해보기도 하는 것이다.

하루가 저물고, 오후 7시경이 되면 나의 귀는 온통 현관문을 향해 열리게 된다.

찰카닥.

여느 때와 같이 그가 열쇠를 열고 들어오는 소리이다.

그날 하루가 비록 잘 안 맞는 열쇠처럼 답답하고 울적했더라도 나의 하루는 이 열쇠소리의 명랑한 울림으로 마무리지어진다.

낮고 가냘픈 소리이나 그와 나를 이어주는 강렬한 울림이 깃든 소리이다.

(1985.)

달리는 지하공간에서

가끔 지하철을 탄다.

우리 아파트 바로 앞에 새로 생긴 지하철역은 퍽이나 산뜻하다.

벽에는 밝은 형광판에 모델 여성의 웃는 얼굴도 있고, 금방이라도 경쾌한 멜로디가 흘러나올 듯한 오디오 선전 사진도 걸려 있다.

옛날 사람들은 땅 밑에 이런 밝은 세계가 펼쳐지리라고는 꿈엔들 생각했겠는가? 어릴 때에 본 공상과학만화의 지하 요새라든가, 지하왕국이 실제로 이루어지고 있는 것이다.

앞으로도 우주와 바다 밑을 배경으로 한 과학적 상상력은 틀림없이 하나씩 이루어질 것이라는 생각이 든다.

지하철 역 입구의 계단으로 내려서면 어쩐지 아늑한 느낌을 갖게 된다. 아득한 옛날, 조상 원시인들이 동굴 생활을 한 탓인지?

아니면 어머니인 대지의 품에 안기고 싶어하는 원초적인 본능 때문인지 알 수 없지만, 이 따뜻한 지하세계는 지상에서의 모든 불안과 도로(徒勞)로부터 나를 포근하게 감싸줄 것만 같은 것이다.

어린 시절 숨바꼭질하면서 벽장 속이나 장독대 뒤에 몸을 완전히 감추었을 때의 그런 안도감으로 나는 땅 밑으로 몸을 숨기곤 한다.

마치 혈맥이라도 있는 듯한, 땅이 가지고 있는 자연적 순리의 모성이 가장 편안한 자세로 나를 서 있게 하는 것이다.

땅 속은 모든 것을 포용한다. 우리들이 최후로 누울 곳도 역시 지하라는 것에 별로 무리가 없는 듯 느껴진다. 다 낡아 쓸모 없는 육신을 받아줄 곳은 따뜻한 흙 외에 어디가 있겠는가?

땅 속에는 생명을 아끼는 기운이 있어 꽃씨가 숨쉬고, 나무뿌리가 근원을 찾아 거침없이 발을 뻗는다. 벌레들이 알을 감춰두고, 어린 짐승들도 안심하고 겨울잠을 자는 곳이다.

어느 곳엔가 1천년이 넘도록 임금님은 깊이 잠들어 있고, 그 옆에는 빛나는 왕관과 미소짓는 토우(土偶), 그리고 도공들의 땀이 서려 있는 도자기들도 묻혀 있으리라. 그들은 발굴되어 갈채를 받기 원할까, 아니면 영원히 어둠 속에서 침묵하기를 원하는 것일까?

더 깊은 곳에는 쥐라기(Jura紀)의 파충류와 원시림, 조개와 시조새들이 화석이 되어 박혀 있을 것이다.

인간의 힘이 미치지 못하는 먼 지심(地心)에서는 지금도 무구한 불이 타고 있어, 바위는 녹고 물은 끓고 있을 것이다. 내가 서 있는 이 발 밑에도 어쩌면 원석의 광맥

이 굽이치고 있는지 모른다.

땅 밑에는 얼마나 많은 것들이 감추어져 있는 것일까?

우리가 집안팎에서 잃어버린 그 정든 물건들도 어딘가에 흩어져 숨어 있지 않을지….

땅 속은 역사가 잠자고 시간도 평화롭게 정지해 있는 곳.

그러나 문명은 땅 밑을 더 이상 망각과 고요의 세계에 머물도록 하지 않고 있다.

땅 속에 들어갔더니 닭 울음소리가 들리고 사람 사는 세상이 있더라는 옛날 이야기 속의 허구는 지금은 현실이 되고 있는 것이다.

지하의 세계가 생기면서 땅 속의 신비는 소멸되고 있는 것 같이 보인다. 그러나 우주비행사가 발자국을 남겼다고 해도 달이 그 아름다운 비밀을 잃지 않는 것처럼, 땅의 순결한 모성은 영원하리라는 것을 우리는 잘 알고 있다.

현대의 지하는 활력과 젊음의 공간이다. 무한한 가능성을 가진 꿈의 무대라고도 할 수 있으리라. 그 속으로 지하철은 약동하는 힘을 싣고 달린다.

아침나절에 지하철을 타면 도시의 맥박을 느낀다.

차칸마다 일터로 학교로 나가는, 눈이 초롱초롱한 젊은이들로 가득 차 있기 때문이다. 아마도 지하철은 현대의 심장을 관통하는 힘찬 동맥과도 같은 것이리라.

내릴 때쯤이면 나도 무기력에서 벗어나서 바삐 서두르는 군중들 틈에 밀리면서 재빠르게 발걸음을 옮기곤 한다.

　나에게 생기를 불어넣어 주는 게 승객들의 활기찬 언동인지, 아니면 땅 속에 미만해 있는 신비한 생명의 기운인지는 잘 모른다.

　어쨌든 밝은 출구로 나올 때쯤이면, 땅 속에 갇혀 있던 굼벵이가 막 매미로 탈바꿈할 때처럼, 나도 눈부신 하늘을 향해 날갯짓이라도 하고 싶은 충동이 이는 것을 어찌하랴!

(1986.)

술취한 새우

　어느 날 집에 배달된 광고지에 '술취한 새우의 축제'라는 문구가 눈에 들어왔다.

　새우가 술에 취하면 어떻게 될까? 너울너울 춤이라도 추는 것일까? 달밤에 술에 취한 새우들이 떼를 지어 군무(群舞)를 하며 축제를 여는, 동양적인 풍류가 넘치는 장면을 머릿속에 그리며 자세히 읽어보았다.

　그러나 그것은 어처구니없는 이야기였다. 살아 있는 새우를 중국 고유의 술인 샤오싱에 담가놓으면 술을 마신 새우가 만취하여 잠이 들게 된다고 한다. 이때 새우를 건져서 끓는 육수에 넣어 익혀 먹으면 술맛이 배어 나와 아주 향긋하고 독특한 맛을 즐길 수 있다는 것이다.

　이런 격조 높은 요리를 어느 호텔에서 선보이고 있으니, 식도락가 여러분은 꼭 한번 오시라는 간곡한 부탁이었다.

　새우는 손님을 접대할 때나 식탁에 올릴 정도로 귀한 식품이기도 하지만, 어느 모로 보나 그 생김새가 바다의 군자(君子)처럼 점잖게 생겼다.

　입 양쪽으로 길게 뻗은 한 쌍의 수염이 위엄 있어 보

이고 특히 그 뾰족한 머리 모습은 정자관(程子冠)을 쓴 것같이 생겼다. 더군다나 겸손하게 등을 구부린 모습이 마치 붉은 옷을 입고 상감마마 앞에 읍(揖)하고 선 충신의 모습 같지 않은가?

무리를 지어 바다 밑을 다닌다고 하니 아마 신의와 예절에도 뛰어날 것이고, 이웃에 대한 사랑도 따스하리라. 그래서 옛날 선비들은 우애의 상징으로 즐겨 새우를 묵화의 화재(畵材)로 삼아왔다.

푸른 바다에서 자유롭게 떠다닐 몸이 잡혀 죽는 것도 서럽거늘, 미식가를 위해 술에 취한 채 자기도 모르게 죽어가다니 너무 가련한 일이 아닌가.

사람들이 생명을 위하여 음식물을 섭취하는 것은 중요한 일이다. 지혜가 발달하면서 보다 맛있고 몸에 이롭도록 요리법도 발달해왔고 식품의 범위도 넓고 다양해졌다. 복잡하고 섬세한 요리의 맛은 예술품으로 비견되기도 한다.

그래서 한 나라의 음식문화가 그 나라의 문화와 전통의 척도가 되기도 한다. 중국이나 불란서 요리의 다양함이 그 나라의 역사를 말해주고 있고, 미국은 내세울 만한 요리가 없는 것으로 그 문화의 전통이 없음을 보여주는 것이다.

요즈음 특히 건강식에다 미식(美食)의 욕구까지 겹쳐 자연스럽지 못한 방법으로, 때로는 잔인하게 생물들을 우롱하고 학대하는 것을 볼 수 있다.

이웃나라에서는 고기를 연하게 하기 위하여 소를 마사

지해주고 맥주를 계속 먹인 다음 도살한다고 한다.

또 추어탕의 한 조리법 중에는, 미꾸라지를 뜨겁게 끓이다가 찬 두부를 냄비 속에 넣으면 열에 못 이긴 미꾸라지가 두부 속에 들어가는데 그것을 익혀 먹는다고 한다. 살아서 꿈틀거리는 낙지를 먹기도 하고 태(胎) 속의 돼지새끼를 먹는다는 말도 들었다. 대만에서는 살아있는 원숭이의 뇌수를 꺼내 먹는다는 끔찍한 이야기도 있지 않은가?

언제부터 이렇게 사람들이 이상한 음식습관을 갖게 되었는지, 아마도 살아있는 토끼의 간을 먹고자 한 용왕님으로부터 비롯된 것이라고 해야 할까?

자연식을 주장하는 분들의 말에 의하면, 인간은 원래 채식을 하도록 창조되었다고 한다. 그래서 곡식과 채소를 위주로 한 식사가 병으로부터 우리를 지킬 수 있는 자연스럽고 바른 식사법이라는 것이다. 피를 깨끗하게 유지해야 병이 생기지 않는데 그러기 위해서는 동물성 단백질을 많이 취해서는 안 된다고 한다.

또 고기를 먹으면 피가 탁해져서 사람들은 탐욕과 흥분으로 들뜨고, 폭력적이 되기 쉽다는 것이다. 산에서 수도생활을 하는 스님들이 채식을 하는 것을 보면 이와 같은 주장은 일리가 있어 보인다.

성자 간디는 20세에 채식을 맹세한 후에 평생 동안 그 맹세를 깨뜨리지 않았다고 한다. 그는 천하고 보잘 것 없는 존재들을 자기 자신처럼 사랑하려고 노력했다. 특히 인간이 자신을 정화시키기 위해서는 살아있는 모든 생물을 한 몸같이 생각해야 된다고 했다.

그는 소나 물소가 그 주인이 젖을 많이 얻으려는 욕심 때문에 갖은 방법으로 학대를 받는 것을 책에서 읽은 뒤로는 우유도 마시지 않았다고 한다.

사람이 만물의 영장으로서 세계를 지배하는 것은 자연스러운 일이다. 맹수와 대결하기 위해서는 문명의 이기인 총을 사용할 수도 있을 것이다. 그러나 인간만이 가진 지혜를 이용하여 다른 작은 생물들을 이런 저런 방법으로 괴롭히고 죽게 하는 것을 공평하지 못하다는 생각이 든다.

닭을 꼼짝도 못하게 가두어두고 불을 켜놓아 낮인 줄 알게 하여 계속 알을 낳게 하는 일, 꿀벌들이 애써 모아놓은 꿀을 훔쳐내고 설탕물을 갖다놓는 일 등.

최근에 스웨덴에서는 동물복지법이 제정되어 동물의 권리가 인정되고 있다는 소식이 들린다. 돼지를 끈에 묶는 것은 위법이고, 닭을 좁은 우리 속에 가득 넣어 길러서는 안된다고 한다.

동물들이 부자연스러운 죽음을 하지 않을 권리도 거기에는 명시되어 있을 것이다.

미를 추구하는 인간의 의식은 당연한 것이지만 미식(美食)이 지나치다보면, 아름다움과는 전혀 거리가 먼 이야기를 만들어내는 게 아닌가 하는 생각이 드는 요즈음이다.

인간도 자연의 일부일진대 다른 피조물들과 이 땅 위에서 평화스럽게 공존해야 되지 않을까?

그러나 나 역시 미식(美食)에 대한 욕구도 있고
'술취한 새우가 도대체 어떤 맛일까?'
하고 슬그머니 궁금한 생각이 드니 이래저래 인간이란
모순 투성이인가 보다.

(1989.)

빗살무늬

계절이 바뀌고 날씨가 점점 따뜻해져서 가구들의 위치를 바꾸어 놓았다. 창문을 가리고 있던 사방탁자를 거실의 벽쪽으로 옮기고, 그곳에 꽂아 놓았던 책들을 모두 치우고 도자기를 하나씩 올려놓았다. 책들이 빽빽이 꽂혀 있을 때와는 달리 사방탁자의 시원하고 단아한 모습이 도자기와 잘 어울려 눈을 즐겁게 한다.

수직으로 네 단으로 나뉘어진 사방탁자에 백자 도자기들을 놓고 한 단에는 내가 좋아하는 분청사기 대접을 올려놓았다.

경기도 광주에 사는 한 도예가가 만든 것으로 분청의 회색바탕에 흰 태토(胎土)를 발라 귀얄 붓으로 붓자국을 낸 그 자유분방하고 꾸미지 않은 투박함이 정겨운 그릇이다.

나는 이 분청 대접을 보며 어느 박물관에 있는 빗살무늬토기의 모습을 떠올려 본다.

어두컴컴한 박물관 한 구석, 유리 진열장 안에 놓여 있던 빗살무늬토기. 서울 암사동에서 발굴되었다는 갈색의 커다란 토기는 군데군데 깨어진 조각으로 이어져 있었다. 그러나 몸체에 선연하게 남아 있는 빗살무늬—마치 머리 빗으로 그어놓은 듯한 사선(斜線)의 줄들이 규칙적으로 어긋나게 그려져 있었다. 토기를 만든 사람들은 모두 어디로 가고 몇 천 년의 세월이 흐른 뒤에도 빗살무늬토기만 남아있는 것이다. 그 사람들은 어떤 삶을 살았을까. 어떤 생각을 하며 살았기에 그들은 빗살무늬토기로 그 존재의 흔적을 남겨 놓은 것인가. 처음으로 그들이 그릇을 만든 것은 곡식이나 음식을 담기 위해서였을 것이다. 그런데 왜 그들은 그릇에다 빗살무늬를 그린 것일까.

아마 그들은 강가나 바닷가에서 흙을 반죽하여 그릇을 만들어 햇볕에 마르기를 기다리고 있었을 것이다. 기다리는 동안에 무심코 꼬챙이나 새의 뼈 같은 것으로 무늬를 그리기 시작했는지도 모른다. 줄도 긋고 점도 찍으며 인간에게 부여된 원초적인 미의식(美意識)으로 빗살무늬를 그려 갔을 것이다.

어쩌면 농경 생활을 하던 그들이기에 비가 오기를 기다리면서 빗발 같은 사선을 그렸을 것이다. 혹은 그들에게 보이는 나무, 강물, 사람들을 나타낸 것인지도….

구석기인들은 거친 돌로 사냥을 하고, 여기저기 옮겨 다니며 동굴 속에서 살았다. 그러나 신석기 시대가 되면서 인간은 음습한 동굴을 벗어나 햇볕과 대기를 벗삼게 된다. 그들은 강가나 바닷가에 움집을 짓고 모여 살았다. 돌을 갈아 낚시촉을 만들어 물고기를 잡고, 농사를 지으며 정착한다. 그들은 자연을 경외하며 누구나 평등하게 모듬살이를 하였을 것이다. 그들 뒤에 나온 청동기인들은 이미 계급사회가 형성되어 지배인과 피지배인이 생기고, 무기를 만들어 전쟁을 하기도 했다.

청동기 시대의 토기들이 아무 무늬가 없는데 비해 신석기 시대의 토기에만 빗살무늬가 있는 것이 흥미로운 일이다.

그것은 아마 신석기인들이 그만큼 평화를 사랑하고, 여유 있는 마음가짐으로 삶을 살았다는 표적이 아니까.

그들은 끊임없이 자연의 재해나 맹수들로부터 위협을 받았을 것이다. 절박한 생존의 위험 가운데서도 그들은 토기를 만들고 빗살무늬를 그렸던 것이다. 그들이 그은 줄 하나 하나는 모두 그들의 꿈이며 바람이며 눈물이었으리라. 빗살무늬를 그리면서 그들은 고요한 마음의 바다에 다다를 수 있었을 것이다. 그것은 그들 후대의 우리의 선인들이 난초를 치면서 또는 묵죽(墨竹)을 그리면서 얻고자 했던 마음의 평정함과 다르지 않을 것이다. 외침이나 정변 등으로 불안정했던 환경 가운데서도 선인들은 온화하고 다정한 마음으로 그들의 자연을 표현했다.

그들에게는 각박한 현실을 뛰어넘어 해학으로까지 승화시킬 수 있는 여유의 멋이 있었다. 빗살무늬는 바로 그런 우리의 정서의 원형을 나타내는 것이리라. 그 간결하면서도 소박한 줄무늬는 어느 현대 미술에서도 볼 수 없는 아름다움을 갖고 있다.

요즈음 같이 모든 것이 기계화되고 바쁘게 돌아가는 세상에 도예가들이 흙을 만지고 물레를 돌려 도자기를 빚는 모습을 보면 잃어버린 자연을 되찾은 듯 푸근한 마

음이 된다. 특히 가마에 불을 지펴 도자기를 굽는 정경은
석기시대에 대한 아련한 향수를 불러일으킨다. 흙이 도
예가의 손으로 빚어지고 구워져 도자기가 되면 그 흙의
냄새는 거의 맡지 못한다. 그러나 토기나 분청사기는 어
딘지 흙냄새를 많이 간직하고 있다. 분청사기는 굽는 과
정에서도 가장 제약을 안 받고 자유롭게 구울 수가 있다
고 한다. 흙이나 불에 까다롭지가 않아서 작업이 즐겁다
는 것이다.

나의 시선이 머무는 분청사기 대접은 문명생활에 쫓기
는 나의 마음을 편안히 쉬게 해준다. 귀얄 붓으로 활달하
게 그려진 줄무늬는, 마치 흙마당을 대빗자루로 깨끗이
쓸어 그 빗자국이 선명하게 드러난 것처럼 정결해 보인
다. 마당을 깨끗이 쓰는 '비'와 하늘에서 내리는 '비', 그
리고 헝클어진 머리를 빗겨주는 '빗'은 혹시 같은 어원
(語源)을 가진 낱말들이 아닐까. 이들이 만드는 무심한
줄무늬는 이다지도 고즈넉한 울림으로 내 영혼을 설레게
하는 것일까.

나의 내부에서 때때로 솟구치는 표현욕과 순치할 수
없는 목마름. 이 또한 석기인들로부터 유전된 갈망이리라.

내가 원고지에 한 자 한 자 글을 메우는 작업은 바로
석기인들이 빗살무늬를 그리던 행위와 같은 것인지도 모
른다.

나의 글, 나의 삶도 언젠가는 빗살무늬처럼 균형과 조
화를 동반하여 고요한 정밀(靜謐)의 세계에 이를 수 있
을까.
(1992.)

침대에 관한 명상

언제인가부터 나는 침대에 관한 글을 한 편 써보고 싶었다.

그러나 수필이 그 소재가 자유로움이 특성이라고 하긴 하지만 침대에 관한 글을 써서 혹시나 수필의 또 다른 특성인 '품격'에 손상을 입힐까봐 두려워 자제해 왔다. 그리고 상상력이 풍부한 독자들이 그 제목으로 인하여 외설적인 글이라고 매도한다면 작가로서의 품위도 잃게 될 것이 염려스러워 망설여 왔다.

그런데 우연히 어느 젊은 시인이 「햄버거에 대한 명상」이란 시를 쓴 것을 보고 나도 용기를 낼 수 있었다. 햄버거에 대해서도 명상을 하는데 침대에 대해서 못할 것이 있겠는가. 명상으로 말하면 침대보다 더 적합한 곳이 어디 있으랴.

나는 대부분의 고대의 현인(賢人)들이 침대에 비스듬히 누워 명상을 즐겼으리라 생각한다. 물론 통 속에서 산 디오게네스를 제외하고⋯.

지금이야 침대생활이 보편화되었지만, 침대가 문화생활의 상징처럼 여겨지던 때가 있었다. 내가 여학교에 다니던 이삼십 년 전에는 침대란 부잣집 외동딸이나 자던 곳이었다. 레이스 커튼이 걸려 있고 침대가 놓여 있는 혼자만의 방을 나는 얼마나 동경했던가.

그 무렵에는 결혼을 앞둔 처녀들은 침대가 놓인 방을 갈망하여 혼숫감으로 침대보나 침대 베개 등의 수예품을 준비하기도 했다. 내 사촌언니도 새하얀 옥양목에 빛깔 고운 수실로 십자수와 아플리케를 수놓아 침대용 수예품을 만들던 생각이 난다. 그런데 안타깝게도 환갑이 내일 모레인 요즈음까지도 우리 언니가 침대를 사용하는 것을 못 보았다.

행복한 결혼을 꿈꾸는 처녀들이 모두 백마를 탄 왕자를 기다리며 침대를 원했던 것은, 어린 시절 누구나 「잠자는 숲속의 공주」라는 동화를 읽어서가 아닐까. 숲 속의 공주가 백마 탄 왕자를 만난 곳이 바로 침대에서였으니까.

그런데 그 귀한 행복의 상징이던 침대가 요즈음은 너무 흔해져버렸으니 유감이라고 할까. 다행이라고 할까….

결혼을 하는 신부들은 장롱과 함께 으레 침대를 사가는 것으로 알고 있다고 한다. 그리고 내 주위를 돌아보니 침대에서 잠을 자는 사람들이 의외로 많은 것을 알게 되었다. 어느 날 가까운 내 형제들 가운데서 방바닥에다 요를 깔고 자는 사람은 우리 부부뿐인 것을 발견하고는 마음속으로 무척 놀랐다. 그들은 침대에서 잠을 자면서도 그렇게 생활에 불평불만이 많았다니….

나는 갑자기 내가 문화인의 대열에서 밀려난 것 같은 외로움을 느꼈다. 그래서 침대생활을 한 번 고려해 볼까도 싶었다.

현대의 도시생활이란 것이 희랍신화에 나오는 프로크루스테스의 침대와 같아서 나 스스로가 거기에 키를 맞추지 않으면 어딘지 불안해지는 것이다.

실내장식 잡지 같은 데서 침대가 놓여 있는 잘 꾸민 침실을 보면 '참 멋지구나!' 싶을 때가 많다. 그러나 막상 이웃집 안방에서 분홍빛 덮개가 펼쳐진 큰 침대가 놓인 것을 보면 어쩐지 민망스럽고 부끄러운 생각이 드는 것은 어쩔 수 없다. '우리는 여기서 이렇게 잡니다'하고 광고라도 하는 것 같아 보이니 말이다.

우리들의 옛 조상들은 방바닥에다 요를 깔고 자고, 아침에는 잘 개켜서 치우기 때문에 잠 잔 흔적을 안 남겼다. 노랗게 길이 잘든 텅 빈 온돌방에서 맞이하는 아침은 정말 '조용한 아침의 나라'답게 예지와 기품에 찬 시간이었으리라. 덮고 자던 이불 위에 덮개를 씌움으로써 간밤의 어둠이 남긴 혼돈을 호도(糊塗)하는 서양의 침실 문화와는 사뭇 그 격이 다른 것이다.

얼마 전에 어느 여성잡지에서 절약에는 일가견이 있다는 알뜰주부들을 소개한 기사를 읽었다. 한 주부는 처녀 때 쓰던 일인용 침대를 결혼 십 년이 지난 지금까지 부부용으로 쓴다고 한다. 과연 사진에 난 그 침대는 일인용의 좁은 침대였다. 아무리 봐도 그 침대는 두 사람이 나란히 눕기에는 너무 좁았다. 그런데 그 여자는 침대가 좁기 때문에 부부 싸움을 해도 금방 풀어지고 부부 사이가 더 좋다고 한다. 나는 그 침대에서 두 사람이 잔다는 게 도저히 상상이 안됐다. 혹시 잠깐동안이라면 모로 자든, 포개 자든, 어떤 식으로든 잘 수 있겠지만, 밤새도록, 그것도 십 년 동안이나… 정말 놀라운 일이었다. 그녀는 대단히 절약가이며 침대 애호가임에 틀림없다.

어느 건강한 소녀는 병원에 입원하여 하얀 침대에 누워 창백한 얼굴로 문병객을 맞는 게 소원이라고 했다. 그 소녀는 소원을 이루어 입원을 했지만 화상을 입은 터라 붉은 얼굴로 친구들을 맞이했다던가….

서양에서는 침대란 곳에서 태어나고 또 돌아가니 침대가 삶의 중요한 부분을 차지해 왔다. '오, 좀더 빛을…' 하며 괴테는 침대에서 유언을 했으며, 하루에 세 시간만 잠을 잤다는 코르시카의 영웅이 태어난 곳도 침대 위에서였다. 침대는 어쩌면 인류 역사의 무대에서 가장 중요한 역할을 담당해 온 무대장치인지도 모른다.

침대 위에서 인간은 쾌락과 고통을 맛보고, 안식과 명상을 즐기니 침대란 인간사 파노라마의 축소판이라고나 할까. 또한 그곳에서 출생과 고종명(考終命)이 이루어지니, 침대란 수많은 별들이 생성과 소멸을 거듭하며 장엄하게 자기의 궤도를 운행하는 우주와도 비견될 수 있을지…. 저 신비한 꿈의 세계에서는 우리도 지상을 초월하여 별처럼 우주 공간을 맘껏 유영하지 않는가.

천지음양(天地陰陽)이 화합하여 대동평화(大同平和)를 이루는 이상국(理想國)의 원형이 다름 아닌 침대라고 하면 지나친 비약일까?

침대를 동경하던 우리의 옛 처녀들은 아마 침대가 상징하는 서구의 문화를 동경하였을 것이다. 서양에서는 여성들이 보다 자유롭고 남자들과 동등한 대우를 받는다는 소문은 그네들의 가슴을 설레게 했을 것이다.

어릴 때부터 보아온 어머니나 할머니의 억눌린 삶의 한(恨)으로부터 벗어나고 싶은 욕망이 침대를 꿈꾸게 했는지도 모른다. 그래서 불자(佛子)가 서방정토(西方淨土)를 동경하듯이 여성들은 침대를 선망해 왔다.

일제, 암흑시대의 시인에게는 침실은 불행한 현실을 떠난 미지의 아름다운 세계였다. 시인은 '나의 침실'로 마돈나가 오기를 꿈꾸며 밤새 닦아둔 침실로 가자고 노래한다. 그곳은 오로지 포근한 사랑과 평화가 지배하는 곳이다.

사실상 은총이 가득한 요즈음의 나의 생활은 모든 것이 자족하고 감사할 뿐이다. 그러나 이 물밑 같은 평온 속에서도 나의 감성은 어떤 열망과 그리움을 아쉬워한다. 침대가 놓인 침실의 아름다움을 선망할 때 내 가슴은 가느다란 파장으로 떨림을 느낀다. 그곳에서는 장미꽃잎처럼 부드럽고 향기로운 잠이 눈꺼풀 사이로 살며시 찾아오리라. 그곳은 시간도 정지하고, 이 세계의 불안과 두려움으로부터도 격리된 곳….

침대를 생각할 때 나는 무지개를 꿈꾸듯 가슴이 설레인다. 그러나 내가 침대를 소유했을 때 과연 지금과 같은 행복감을 느낄 수 있을지는 의문이다. 설사 그렇다고 할지라도 그 기분이 영속할 수 있을 것인가. 그래서 나는 이미 아무 감격 없이 저녁마다 침대에 올라갈 나의 형제들을 딱하게 여긴다.

설악산을 정복한 후에는 융프라우를 등정(登頂)하고 싶어지듯이, 침대에 올라가면 보다 더 높은 곳으로 올라가고 싶어지지 않을까.

나는 침대를 사는 것을 유보하기로 결정하였다.

(1992.)

무선 전화기

　어느 석학(碩學)의 말이 21세기는 유목산업(遊牧産業) 시대라고 한다. 앞으로는 사람들이 점점 집 밖에서 이동하면서 활동하는 시간이 많아진다는 것이다. 그래서 유목민이 지니는 것 같은 간편한 이동식 휴대 상품이 유행하리라는 것이다. 과연 그의 말대로 길거리에 서서 휴대용 전화기를 사용하는 사람을 볼 수 있는가 하면, 다방에서도 휴대용 컴퓨터로 일을 하는 사람도 눈에 띈다.

　신문에 보니, 휴대용 TV도 있고, 휴대용 마사지 등도 선전하고 있다. 옛 유목민들은 식량을 구하기 위해 황야를 떠돌아다녔지만, 현대인들은 무엇을 찾아 거리를 헤매는 것일까? 무엇이 그렇게 급해서 전화기까지 들고 다니면서 통화를 하는 것일까? 아무래도 현대문명은 사람들에게 편리함을 선사하는 대신에 사람을 우스꽝스럽게 만드는 것 같다.

　우리집에서도 전화기를 무선 전화기로 바꾼 후, 전화를 받으러 뛰어가는 대신 수화기를 들고 집안 곳곳을 돌아다니게 되었다. 어느 날은 수화기가 앞치마 호주머니에도 들어 있고, 세면대 위에 자리 잡기도 한다. 식사 때도 수화기는 식탁 한구석에 자리잡고 식구들의 환담을 경청하고 있다.

특별히 기다리는 전화가 있는 것도 아니고, 분·초를 다투면서 내가 연락할 일도 없는데, 바로 내 손 닿는 곳에 수화기가 없으면 허전하다. 이제는 내 옆에 수화기가 안 보이면 불안하게끔 되어버렸다.

그러다보니 손에 들고 있던 수화기를 어디에 놓아두었는지 몰라서 찾아다닐 때가 많다. 어느 날은 옷장 속에 넣어 두고는 한나절을 찾아 헤매었다.

고양이나 강아지 같으면 갇혔다고 울기라도 하련만, 이 무심한 물건은 그저 침묵이 미덕인 양 아무 소리가 없다. 그런데 아들아이가 이 물건도 부르면 대답하는 장치가 있다고 하며 전화기의 무슨 버튼을 누르니까, 숨어 있던 수화기가 "나 여기 있어요" 하는 듯 삑삑 소리를 내어서 찾을 수가 있었다.

어느 날인가는 TV 리모컨과 무선 수화기를 나란히 놓고 TV를 보는데 전화 소리가 났다. 아무리 버튼을 눌러도 전화 소리가 안 그쳐서 보니 리모컨의 버튼을 열심히 누르고 있지 않은가.

어느 선배는 수화기를 옆에 놓고 다림질을 하다가, 전화를 받는다는 게 그만 다리미를 귀에다 갖다 대었다고 한다. 그래서 얼굴에 화상을 입었다는 해외 토픽 같은 얘기도 들린다. 우리를 혼돈시키는 것이 어찌 이것뿐이랴.

무엇보다 나를 당황하게 만드는 것은 전화의 자동응답이다. 사람들은 정말 유목민처럼 아침 일찍부터 집을 나가고 없고, 전화를 걸면 녹음 소리만 들린다.

"지금 외출 중이니 삑 소리가 울리고 나면 용건을 말해 주십시오."

나는 갑자기 입이라도 붙어버린 듯 할 말을 잃는다. 그래도 어떤 때는 연극대사를 외듯 용건을 말하고는 나 자신이 너무 쑥스러워 서둘러 전화를 끊고 만다.

어느 날 전화번호를 알고 싶어 114에 걸어 문의를 했다. "문의하신 전화번호는 ○○국에 ○○○○번입니다" 하고 상냥한 목소리로 알려주는데 어떻게 고마운지 나도 모르게 "감사합니다" 하고 고개를 까딱했다.

그런데 옆에 있던 아이들이 배를 잡고 웃으며, 자동응답기에다 대고 그렇게 인사를 차릴 것은 무어냐며 놀린다.

나는 무안해서, 그래도 고마운 건 고마운 거지 뭐⋯ 하고 얼버무렸지만, 문명의 이기 앞에서 또 한번 어릿광대처럼 우스운 꼴이 되고 말았다.

우리는 손발의 편리함을 위해 두뇌의 사고하는 기능마저 저버리는 것이 아닐까? 앞으로는 인공지능인가 뭔가가 생기면 생각도 기계가 대신해 준다고 하니 '생각하는 갈대'의 존엄성은 어디서 찾을 것인가?

오늘도 자동응답기에서는, "지금은 외출 중이오니⋯ 삑⋯" 하며 주인이 부재임을 반복한다. 마치 인간으로서의 권위가 부재임을 알려주는 것처럼⋯.

나는 무선 수화기를 손에 든 채 희화(戱畵)된 자화상을 보듯 당혹감에 사로잡힌다.

(1993.)

죽음의 품위에 대하여

　남미 안데스의 상공에서 영원히 실종된 생텍쥐페리의 최후는 신비로운 여운을 준다.

　교통사고로 요절한 제임스 딘, 알베르 카뮈의 죽음도 그들의 생애에 어울린다. 아니 그 비극적 종말이 그의 생애를 더 빛나게 한다는 표현이 더 정확할 것 같다.

　에이즈로 흉하게 죽어간 할리우드의 배우들을 보면 성서의 소돔과 고모라를 연상하게 되어 기분이 좋지 않은데, 오드리 헵번의 죽음으로 해서 그 기분은 회복된다. 굶주림으로 죽어가는 아프리카의 아이들을 안고 있는 주름살 잡힌 오드리 헵번의 얼굴은 그녀의 젊은 시절의 요정 같은 모습과는 또 다른 기품이 있었다. 암으로 고생을 했지만, 그녀는 참으로 품위 있게 죽었구나 하는 생각이 들었다.

　한 사람의 생애를 문장이라고 한다면 죽음은 바로 마침표일 것이다. 주어진 시간이 다하고 나면, 인생이란 더 이상 고칠 수도 지울 수도 없는 문장이 아닐는지….

　요즈음은 의학의 발달로 인해 수명도 길어졌고, 불치의 상황이라도 장기이식 같은 극단적인 방법으로 생명을 연장시키기도 한다.

생명의 귀중함이란 아무리 강조해도 지나침이 없을 것이다.

우리가 숨을 쉬고 푸른 하늘을 보고 있다는 자체가 축복이요 기적이 아닌가? 죽을 수밖에 없던 사람이 의학의 힘으로 새 생명을 받아 살아난다는 것은 더없이 다행한 일이다. 그러나 다른 사람의 장기를 이식 받아서 목숨을 연장할 수 있게까지 의학이 발달한 것은 어떤 면에서는 두렵게 느껴지기도 한다.

자신의 신장이나 심장이 손상되면 다른 사람의 장기를 탐내게 되지 않을까? 옛날 이야기에 나오는 용왕님이 토끼의 간을 탐내었듯이….

이웃집 가구를 넘보듯이 이제는 남의 장기를 욕심내기까지 인간성이 파괴될까봐 염려된다.

앞으로 우리는 더욱 더 죽음을 담담하게 받아들이지 못하고 끝없는 미련으로 생을 구걸할 것만 같다.

언젠가 임종을 앞둔 친지를 찾아 뵌 적이 있다. 사람이 아프면 병원에 가는 것이 당연한 일이라고 나는 생각해 왔는데, 그 댁에서는 그 어른을 집에서 간호하고 있었다. 모두들 죽음이라는 거대한 불가항력 앞에서 순종하고 기다리는 모습으로 보였다. 며칠 뒤에 발부터 점점 차가워 오면서 임종했다는 이야기를 듣고, 참 자연스런 죽음으로 생을 마감하셨구나 하는 생각이 들었다. 가난이 오히려 사람을 품위 있게 만드는구나 싶었다.

내가 가까이서 본 고종명은 대부분이 병원에서였는데,

그 곳이라고 해서 환자가 고통을 덜 받는 것은 없었다. 인위적으로 고통스러운 삶의 순간을 얼마간 연장하는 것 밖에는 무슨 의미가 있었던가. 단지 유가족들로 하여금 고인을 위해서 최선을 다했다는 스스로의 위로에 도움을 줄뿐이었다.

병원이란 일단 들어가 놓으면 의사가 시키는 대로 하도록 되어 있는 곳이다. 멀쩡하게 건강한 사람도 병원 침대에 누워 환자복을 입고 링거 주사를 꽂고 누워 있으면 영락없이 환자가 되고 만다. 입원한 다음날부터는 각종 검사에 시달린다. 매일 피를 뽑고, 병원의 층층마다 돌아다니며 사진을 찍고, 아침저녁으로는 병아리를 거느린 암탉같이 수련의들을 거느린 주치의의 방문을 받게 된다.

병이 심각할수록 환자는 큰 죄를 짓고 신부님 앞에서 고해성사를 하는 천주교인처럼 주눅이 들어 반복되는 그들의 질문에 답변해야 한다.

내 탓이오! 내 탓이오!

애통하고 공포에 떠는 환자들의 쓰라림을 그 누가 알아 줄 것인가?

현대 의학의 발달로 인해 인간은 그 품위를 오히려 상실해 가는 것 같다. 육신이 그 기한이 다 되면 자는 듯이 곱게 흙으로 돌아가 자연의 품에 안길 수는 없을까?

그러나 이 복잡한 문명의 정글 속에서는 자기 목숨을 자기 것으로 주장할 수도 없는 것 같다.

얼마 전에 발굴된 고대 원시인들의 집터에서는 죽은 사람에게 꽃을 뿌린 흔적이 남아 있었다고 한다. 아마 그들은 지금의 우리들보다 훨씬 죽음을 친숙하고 자연스럽게 받아들였던 것 같다.

내세에 다시 만날 것을 약속하며 그들은 담담하게 이별의 꽃을 흩뿌린 것이 아닐는지?

초월적인 힘에 자신의 종말을 온전히 맡기고, 단지 가치 있게 하루하루를 사는 삶을 꿈꾼다.

(1995.)

붕괴의 시대를 살면서

오늘도 우중충한 날씨가 이어지는 게 장마철은 아직도 끝나지 않았나보다. 벌써 며칠 전부터 할 일이 손에 잡히지 않고, 하루종일 TV를 켰다 껐다, 라디오의 뉴스 방송을 켰다 껐다하며 서성대는 이상한 증세에 시달리고 있다. 외출할 때도 색깔 있는 옷은 죄스러워서 입지 못하고 검정색이나 칙칙한 색의 옷을 걸치곤 한다. 삼풍백화점 붕괴 사건이 난 지 2주일이 지나고 있다.

혹시나 혹시나 기다리지만 생존자는 안 나오고 시신만 계속 발굴되고 있다. 최명석, 유지환, 박승현 양이 구조된 이후 또 다른 생존자가 나오기를 기다리며 구조대들은 혼신의 힘을 다하고 있다. 폐허 같은 건물더미 속에는 아직 삼백 명이 넘는 사람들이 묻혀 있다는 것이다. 이제 신문에서도 삼풍관련 기사는 조금씩 줄이고 있고 새로운 정치권의 변화에 지면을 할애하고 있다.

이제 시간이 가면 이 엄청난 사건도 점점 잊혀져 가고 사람들의 기억 속에 조그만 상처로만 남아 있을 것이다.

그러나 매일 매일 충격적인 뉴스 속에서 세계 곳곳의 대형사고를 보면서 살고 있는 현실이지만 이 사건만은 쉽게 잊을 수도 없고, 잊어버려서도 안될 것 같다.

아직도 가족의 생사를 모르는 사람들은 시신이나마 온전히 찾을 수 있기를 바라며 하루하루 고통 속에 지내고 있다. 내 가족이 무사하다고 해서 안심하기엔 사건의 규모가 너무나 엄청나다.

도대체 왜 이런 일이 일어나야 하며, 내일 또 무엇이 붕괴될지 두렵기조차 하다.

성수대교가 아직도 허리가 동강난 모습으로 보는 사람의 가슴을 아프게 하고 있고, 대구 가스 폭발의 굉음이 귓전에서 사라지기도 전에 최신형의 호화스러운 백화점이 순식간에 폭삭 주저앉다니.

강남의 번화가 가운데 우뚝 서 있던 그 건물은 마치 우리나라의 경제발전의 상징물처럼 보였고, 생필품은 물론이고 수입품이나 고가의 사치품의 판매장으로써 시민들의 동경을 받던 곳이었다. 그래서 그 건물의 붕괴는 이 시대에 대한 신(神)의 어떤 경고가 아닐까 하는 생각이 들기도 한다. 지나친 물질주의와 상업주의의 팽배, 도덕성의 붕괴와 인간성 상실에 대한 신(神)의 노여움으로… 물론 그 직접적인 원인은 건물의 부실 공사, 재벌과 관(官)과의 유착 등으로 드러나고 있다.

그러나 그런 규명을 듣고도 가슴속은 아직도 풀리지 않는 의문의 덩어리로 답답하기만 하다. 어떻게 왜? 그런 큰 과오를 범하게 되었고 이런 엄청난 결과를 초래하게 되었나.

우리는 그동안 고도의 경제 성장을 이루면서 물질적인

것에 너무나 큰 가치를 두어왔다. 빚을 내서라도 땅을 사고, 집을 사고, 자동차를 사들였다. 마치 물질의 풍요가 행복의 척도인 양 부(富)를 추구하기에 여념이 없었다. 조금 잘 살게 되었다고 집을 호화롭게 치장하고, 외국에 나가서 돈을 뿌리고, 향락과 유흥을 일삼으며 금전 만능주의에 물들어 갔다.

그러다 보니 많은 부작용이 생기게 되었다. 기본적인 도덕과 윤리마저 무너져서 입에 담을 수도 없는 끔찍한 사건들이 잇달아 일어나고 있다. 박한상 사건이나, 교수 부친 살해 사건으로 우리는 금전 앞에서 가정의 윤리가 붕괴되는 모습을 보고 허탈감에 사로잡혔었다. 이번 사건도 인명보다도 이윤을 더 중요하게 생각하는 물질만능의 풍조에서 비롯된 사건이다.

별로 대수롭지 않게 생각해온 그릇된 물질관과, 관행처럼 여겨온 부정 부패가 이렇게 무서운 참사를 불러올 줄이야.

무엇보다도 내 막내 또래의 백화점 점원들이 많이 희생된 것이 더욱 가슴 아프다. 한창 배우고 싶어할 나이에 집안의 가장(家長)이 되어 하루종일 다리가 퉁퉁 붓도록 서서 손님들의 비위를 맞추며 미소를 잃지 않던 그들. 꿈도 많고 하고 싶은 일도 많았으련만 콘크리트 더미에 깔려 차갑게 숨져간 그들의 젊음을 어디에서 보상받을 것인가?

통곡과 절망의 돌무덤 속에서 풋풋하고 건전한 세 젊은이가 새 생명을 얻어 구출되었음은 우리에게 큰 의미를 주고 있다. 그들은 생명의 존엄성을 다시 한 번 깨닫게 했으며 쓰라린 우리의 가슴에 기쁨을 주었다. 그리고 무엇보다도 앞으로의 새 시대는 보다 밝고 푸르리라는 귀중한 예감을 안겨 주었다.

같은 신문의 다른 면에는 이 건물의 용도 변경을 둘러싸고 금품을 주고 받은 추악한 얼굴들이 있고, 또 다른 면에는 정권을 둘러싸고 이익에 따라 다시 이합집산(離合集散)을 하는 정객들의 행태가 실려 있다. 나도 그들과 같은 세대임이 서글프게 느껴진다.

나 자신 아파트 값이 떨어질까 봐 조그만 하자에도 쉬쉬했고, 한창 땅값이 오를 때 땅을 못 사서 전전긍긍하지 않았던가?

이번 사고로 목숨을 잃은 사람들은 물질만능의 수레바퀴에 깔려 숨진 희생자들이기에 더욱 안타깝다.

이 사건을 계기로 국민 한 사람 한 사람의 의식도 달라지고 우리 경제도 안정세로 접어들 것을 기대해본다.

지난 역사를 살펴보면 변혁기에는 언제나 많은 생명들이 희생되었었다. 이데올로기의 틈바구니에서 이름 없이 죽어 지리산 자락에 묻힌 젊은이들, 민주화를 외치면서 스스로 불꽃으로 스러져간 학생들, 억울한 광주의 원혼들….

이번 삼풍사건으로 숨진 삼백 명이 넘는 희생자는 선진국으로 향하는 조국의 내일을 위해서 한 알의 밀알이 되었음을 믿고 싶다.

그들의 죽음으로 이 나라 전반에 깔려 있는 병폐와 모

순이 사라지고 정의와 균형과 안정의 맑은 물줄기가 흐
른다면 그들의 죽음은 헛되이 않을 것이다.
　우리들 살아 남은 자들도 마음속에 쌓여 있던 물신주
의와 거짓과 허영의 탑을 무너뜨리고 순리대로 살아갈
때 그들의 넋은 조금이나마 위안을 받으리라.

　삼가 그들의 영혼이 평안히 천국에 거하기를 간절히
기도 드린다.

(1995.)

3.

꽃과 꽃 사이

쪽머리

우리들 주변에서 점차 그 모습을 감추어가는 것이 한 둘이 아니지만, 그 중에도 특히 아쉬운 것이 바로 할머니들의 쪽찐 머리 모습이 아닌가 한다.

쪽머리는 누구나 알다시피 길게 기른 머리를 뒤에서 한 가닥으로 땋아 동그랗게 쪽을 찌어 비녀를 꽂는 머리 모양을 말한다. 내가 어렸을 때만 해도 중년의 아주머니나 할머니들은 으레 그런 머리모양이었다.

몇 년 전만 해도 쪽찐 머리를 한 할머니를 보면 돌아가신 외할머니를 떠올리고 그리움에 잠기곤 했는데 요즈음은 그 모습을 보기 힘들다.

내 주위에도 한평생 쪽을 찌다가 칠순이 넘어 머리를 자르고 파마를 하신 분들이 더러 계신다. 어찌 보면 더 젊어 보이고 머리손질이 간편하기도 하겠으나, 어쩐지 서운한 느낌이 드는 것을 숨길 수 없었다.

아마 앞으로 1,20년 후면 이 쪽찐 머리 모습은 완전히 자취를 감추고 말리라. 사라진 모든 풍물처럼 쪽머리도 사진이나 그림으로밖에는 볼 수가 없을 것이다.

지금은 생활에서 사라진 떡살, 등잔, 함지박, 놋그릇

등은 황학동 고물시장에 가면 볼 수 있어 메마른 현대생
활 속에서도, 토방의 흙냄새처럼 푸근한 회고의 정(情)
을 불러일으키지만, 사라진 헤어스타일이야 어디에 가서
찾을 것인가?

가끔, 화보나 광고에 날아갈 듯한 한복을 입고 쪽머리
를 한 모델들을 보지만, 그 요요한 자태에서는 어쩐지 할
머니들의 쪽머리에서 느끼던 소탈하던 친근감은 느끼기
가 어려운 것이다.

어렸을 때 외할머니께서 머리 빗으시던 모습을 보는
것은 즐거운 일과였다.

할머니는 아침마다 참빗으로 머리를 몇 번이나 빗어
내리고, 동백기름을 발라 한 줄로 잘 땋아 내렸다. 댕기
의 한쪽 끝은 입에 물고, 다른 쪽 끝부터 잘 돌려 맨 다
음에, 손에 머리를 감아 돌려서 닳고 닳은 백동비녀를 꽂
으시곤 했다. 아름다운 몸짓이었다. 그건 하루를 시작하
는 하나의 의식(意識)이었다.

아침 햇살 속에서 할머니의 얼굴은 어떤 숙연함과 맑
음으로 빛났던 것을 기억한다.

젊어서는 탐스러웠을 할머니의 쪽머리는 점점 작아져
서 나중에서 갓난아기 주먹만해졌다. 가끔 할머니는,

"비녀가 이리 무거우니, 이제 갈 때가 되었나보다."
하시며 흘러내린 비녀를 다시 꽂으시곤 했다.

흰모시 치마저고리를 입고, 흰머리를 곱게 쪽찐 할머
니가 먼 하늘을 바라보면 뜰을 거니시는 모습을 보면서,
어쩌면 그녀는 땅보다 이미 하늘 쪽에 가깝게 사는 사람

이 아닌가 생각되기도 했었다.

쪽머리를 자세히 보면 그건 바로 매듭인 것을 알 수 있다.

우리의 옛 여인들만큼 매듭맺기를 좋아한 여인들이 있을까?

적삼의 단추도 매듭으로 대신하고, 노리개나 갓끈도 매듭을 만들어 달았었다. 그들은 정한(情恨)도 바람도 꼭꼭 매듭지어 마음 갈피에 감추고 살았던 것일까?

머리를 빗는 시간은 그녀들이 모든 가사와 인습의 굴레로부터 벗어나서 순수한 자아(自我)로 돌아오는 시간이었을 것이다. 거울 속의 자신을 마주보면서 마음도 한 올 헝클음 없이 빗질을 하였을 것이다.

그들은 인고(忍苦)와 기다림을 삼단 같은 머리와 함께 가닥가닥 땋아서 매듭을 맺었으리라. 그리고 그들의 단심(丹心)인 양 붉은 댕기로 마무리해서 비녀를 찔렀으리라.

쪽찐 머리는 단아하고 정갈하다.

그것은 바로 옛 여인들의 심상(心像)이기도 하다.

세월이 흐르면서 시속(時俗)도 달라지는 것은 어쩔 수 없는 일이겠으나, 옛 여인들의 체취를 느낄 수 있는 마지막 유풍(遺風)일지도 모르는 쪽머리가 사라짐은 안타깝기만 하다.

그와 함께 안존하고 후덕하면서도 맺음과 끊음이 분명했던 여인들의 굳은 심지(心地)도 우리들 가운데에서 영영 사라질 것이 염려스럽다.　　　　　　　　(1986.)

관악산의 어미새

어느 날 남편이 수수께끼를 낼 테니 알아맞혀보라고 했다.

"산에서 며칠째 똑같은 자리에서 새가 날아오른다면 그 이유는?"

"집을 짓기 위해서."

"먹이가 있었기 때문에?"

머리를 좌우로 흔드는 남편의 표정에,

"아! 이제 알았다. 그 새는 알을 품고 있었구나."

그래서 관악산 기슭에 며칠째 알을 품고 있는 한 어미새가 있는 것을 알게 되었다.

다음날 그 새를 찾아 우리는 가슴을 설레며 산에 올랐다.

대학 캠퍼스에서 올라가게 되어 있기도 했지만 워낙 가팔라서 사람들의 발길이 뜸한 산자락이었다. 숲이 우거져 어두컴컴한 산길을 헤치며 올라가다 보니 바위 틈 그늘진 곳에 마치 등불이라도 밝혀주듯 오렌지빛 중나리 한 송이가 다소곳이 피어 있다.

어느덧 서늘한 기운이 감도는 숲은 끝나고 산모래 흘러내리는 바위산이 우뚝 다가선다. 마침 군데군데 등반을 돕기 위해 밧줄을 매어놓았기에 두 손으로 단단히 잡아당기며 조심스럽게 바위에 올라선다. 줄을 잡아당기니 내 몸이 둥실 떠오르는 게 마치 산이 내 힘에 끌려오는 듯한 느낌이다. 줄에 매달려 바위산을 오르는 젊은이들의 마음이 순간적으로 이해될 것 같았다.

후두두 땀이 흘러내린다. 조그만 봉우리를 서너 개 넘고 정상에 가까이 갈 무렵, 우뚝한 바위 아래 다복솔이 우거진 곳에 그가 멈춰 서며 덤불 사이로 눈짓을 한다.

얼핏 보아서는 그냥 마른 잎더미일 뿐이다. 그러나 다시 자세히 보니, 아, 한 마리의 새가 꼼짝도 않고 앉아 있는 것이 아닌가? 갈색의 얼룩무늬 깃털을 가졌는데 크기는 어른의 두 주먹보다 조금 더 커보인다. 조금 더 가까이 다가가니 '포르릉' 하며 옆 덤불 속으로 낮게 날아간다.

그가 앉아 있던 자리에 떠오르듯 놓여 있는 알 두 개. 연한 무늬가 있는 조약돌 같은 둥그레한 새알이었다. 어미새는 이 더운 여름날 미동도 않고 알을 품고 있었던 것이다. 새는 멀리 날아간 것 같지는 않았다. 아마 인기척을 느끼고는 잠시 자리를 피했으리라. 그러나 그 가슴은 행여나 알을 잃어버릴까봐 얼마나 애를 태울 것인가. 우리는 얼른 그 자리를 피했다. 그날 저녁 잠이 들기 전 그 새와 알의 모습이 자꾸만 눈앞에 어른거렸다. 그 새는 이름이 무엇일까 궁금했다. 다음날 아이들의 〈조류도감〉을 보고 그 새가 쏙독새인 것을 알게 되었다.

쏙독새: 쏙독새는 새벽녘이나 저녁의 어둑어둑한 때에 활동

합니다. 낮에는 땅 위나 나뭇가지 위에 앉아 꼼짝하지 않고 있습니다. 밝은 숲이나 숲속의 평지에 살고 있습니다. 다리는 퇴화하여 가냘프고 작지만 날기를 잘합니다. 깃털이 부드럽기 때문에 날갯소리가 나지 않습니다. 깃털 빛깔이 나무껍질과 비슷해서 눈에 띄지 않는 것이 특징입니다. 혼자서 살거나 짝을 지어 살며, 둥지를 틀지 않고 땅 위에 알을 낳습니다. 5월과 7월의 두 차례에 걸쳐 알을 낳는데 한번에 두 개씩 낳으며 주로 암컷이 약 17일간 품습니다. 수컷은 새벽과 저녁에 잠시 동안만 암컷과 교대합니다. 새끼가 둥지를 떠나려면 약 한 달이 걸립니다. 밤에 오이를 썰 듯이 '쏙독쏙독' 하며 웁니다.

장마철이라 다음날은 비가 많이 왔다. 나는 새가 걱정되었다. 장대비가 억수로 쏟아지는데 어미새는 알을 어떻게 하고 있을까?

비가 갠 그 다음날 우리는 다시 산을 찾았다. 전날에 내린 비로 숲은 그 향기를 더 진하게 뿜어내고 있었다. 연한 박하냄새가 피어올라 온몸을 감싸고 돌았다. 우리는 아무도 몰래 숨겨둔 보물을 찾아가듯 조심스럽게 한 발짝씩 바위산을 타고 올랐다. 우뚝한 바위 아래 바람 없는 그 곳에 여전히 그 새는 꼼짝도 않고 앉아 있었다. 마치 화석처럼, 석고처럼, 아니 면벽수도하는 스님처럼…. 그럼 간밤에는 비를 고스란히 맞고 그대로 있었단 말인가? 조금만 더 가까이 가면 또 날아오를 것 같아 한옆에서 지켜보고 있었다. 그것은 잠깐이었지만 오랜 시간이 흐른 것처럼 느껴졌다.

포근한 어미새의 깃털 아래 두 개의 조그만 알에서는

생명이 창조되고 있을 것이다. 실같이 가는 핏줄이 생기고 붉은 피톨이 생겨 따스한 피가 돌기 시작하리라. 멀리 보기 위해 눈동자가 생기고 보드라운 솜털도 날 것이다. 심장이 톡톡 뛰고, 겨드랑이에서는 두 날개가 뾰조록이 돋기 시작하리라. 창공을 향해 마음껏 솟아오를 날개가…. 아, 알 속에는 새로운 세계가 창조되고 있으리라. 언젠가 스크린에서 본 지구가 처음 생성될 때의 그 신비스러운 광경처럼.

어미새는 꼼짝하지 않고 오로지 생명창조의 대사업에 열중하고 있는 듯 보였다. 무엇이 새로 하여금 장대비를 맞으면서도, 또 뜨거운 날씨에도 꼼짝하지 않고 알을 품게 할까?

본능일까 사랑일까?

그것은 한마디로 말해버릴 수만은 없는 너무나 거룩한 헌신이었다. 우리는 숨을 죽이고 새를 지켜보다가 조용히 산을 내려왔다.

그 후로 이따금씩 나는 그 새를 생각하곤 했다.

그런데 2,3일 전에 그 새가 흔적도 없이 사라졌다는 안타까운 말을 들었다. 알도 없어지고 껍질 부스러기 하나 남아 있지 않더라는 것이다.

아, 그 어미새는 어디로 갔을까? 알은 그 작은 세계를 깨뜨리고 나와 새가 되어 푸른 하늘로 날아갔을까? 행여나 못된 짐승에게 채여간 건 아닐까?

어미새는 이 밤에 쏙독쏙독 구슬피 울며 관악산의 밤 하늘을 비켜 날고 있는 것은 아닐까? (1989.)

눈물 예찬

가을하늘이 맑다.

어제부터 비는 개이고, 하늘은 막 세수한 듯한 눈부신 얼굴로 가을의 햇살을 구석구석 쏟고 있다. 여름내 애태우던 응어리가 말끔히 가신 모양이다. 하늘도 가끔은 울어야 맑은 얼굴을 가질 수 있나보다.

사람에게 만일 눈물이 없었다면 어떠했을까? 사람들의 눈빛은 보다 혼탁하고, 그 얼굴은 바람 부는 사막처럼 황량하였을지도 모른다. 아니 지구상의 반수 이상의 사람들이 미치거나 자살하거나 하지 않았을까?

눈물은 우리를 순화(醇化)한다.

우리들의 삶에서 만나는 모든 감격스러운 순간들이— 출산, 입학, 졸업, 이별, 해후, 사랑—눈물과 함께 할 때 실로 우리의 생은 더욱 빛난다.

눈물은 찌는 듯한 무더위에 불어오는 솔잎 향기 그윽한 한줄기 솔바람이다. 또한 눈물은 깊은 계곡에서 끊일 듯 이어지며 어린 풀뿌리를 적시는 맑은 시냇물이다.

눈물은 피난처이다.

휑하니 뚫린 대로변에서 이리저리 오가는 자동차에 몰

려 곤경에 처한 우리를 숨겨주는 좁다랗고 포근한 골목 길이다.

그리고 눈물은 따뜻하다.

그것이 아무리 절망과 슬픔에서 흘리는 눈물이라도 언제나 희망의 싹을 감추고 있다. 눈물은 영광의 승리자에게 아낌없는 갈채를 보내지만 그 뒤안길의 패배자와 낙오자에게는 따뜻한 위로와 치유의 손길을 내민다.

사랑해서 흘리는 눈물은 있지만 미움으로 뿌리는 눈물은 없다.

눈물은 연약하지만 큰 힘을 가지고 있다.

예수님도 때로는 눈물을 흘리셨다.

무엇보다 눈물은 정직하다.

야비한 웃음은 더러 있지만 눈물은 오로지 겸손한 눈물일 따름이다. 거짓 웃음을 웃을 수는 있지만 거짓 눈물은 흘릴 수가 없다. 웃음은 얼굴만으로도 만들 수가 있지만 눈물은 가슴 저 밑바닥에서부터 솟아 나오기 때문이다.

사람의 마음속에서 어떤 순수함의 엑기스만 모여서 김 서리듯 망울망울 액화하여 더 이상 머무를 수 없이 흐를 때, 그것을 우리는 눈물이라 부른다.

지난 여름 남북한 고향방문단의 만남을 보며 우리는 모두 가슴아파했다. 40년 동안의 분단으로 생각과 사고 방식은 많이 달라졌겠지만 그들이 흘린 눈물은 똑같은 성분이요, 온도였으리라.

나에게도 몇 년 전 눈물로 보낸 봄이 있었다.

식구들이 나가고나면 방문을 잠그고 음악을 크게 틀어
놓고 울었다. 브람스의 현악 6중주, 그 밤바다의 파도소
리처럼 암울한 선율에 빠져들곤 했다.

친정아버님이 경영하시던 회사가 하루아침에 남의 손
으로 넘어가고, 아버님이 아끼시던 농장도 팔리고 말았
다. 들리는 소식이라곤 모두 암담하기만 했다. 내가 할
수 있는 일은 아무것도 없었다.

그때에는 이 세상에 살아 있는 모든 것이 불쌍해 보였
다. 한치 앞을 모르고 살겠다고 바둥대는 인간도, 보는
사람이 없어도 애써서 꽃을 피우는 꽃나무도 슬프게만
생각되었다. 그래도 마음의 물결이 가라앉으면 내일에
대한 기대가 서서히 솟아오르곤 했다.

요즈음도 세태의 물결에 휩쓸려 방향 없이 표류하다가
문득 수많은 '나' 중에서 진정 만나고 싶은 '나'가 있다.

나는 감추어둔 깃발을 꺼내어 흔들어보듯이 그해 봄의
나를 불러 조용히 마주앉아보곤 한다.

(1988.)

겨울의 빛

바하의 무반주 파르티타의 선율은 겨울 새벽의 공기만큼이나 청아하고 투명하다. 아침을 준비하면서 들은 그 선율에서 처음으로 겨울을 느꼈다. 찬물에 손을 넣었을 때의 그 쨍한 느낌, 혹은 겨울 강(江)의 그 얼음의 속살 같은 푸르름이 내비치는 소리의 물줄기였다. 겨울이 온 것이다.

가로수의 잎들이 떨어지기 시작하면서 나는 식구들의 털옷을 꺼내고 이불을 두터운 것으로 바꾸었다. 며칠 전부터 기온이 내려가기 시작하여 거리에서는 사람들이 종종걸음으로 오가는 것을 볼 수 있었다. 겨울이 가까이 온 것을 나는 당연히 알고 있었고, 김장을 해야지 하고 막연히 생각하고 있었는데도 겨울을 실제로 느끼지는 못했던 것 같다.

어느 외국 수필가의 '연한 샐러리를 먹으면서 비로소 가을이 온 것을 느낀다'는 글을 읽은 적이 있는데, 나는 청각에 닿은 음향에서 겨울의 빛을 보았다. 그 빛은 순간적으로 나를 전율할 듯한 긴장감으로 몰아갔다. 겨울의 빛은 바로 무(無)의 빛, 희다 못해 푸르른, 존재의 본질이 가지고 있음직한 색깔이 아닐까.

같은 시간에 FM을 들은 사람들이 모두 나와 같은 느낌을 가졌으리라고 생각하지는 않는다. 그러나 그 수많은 사람들 중 나와 비슷한 생각을 한 사람이 한 사람쯤 있을지도 모른다.(이런 생각은 내 가슴을 설레게 한다) 몇 달 동안 나의 의식은 밀가루를 푼 물컵처럼 뿌옇게 가라앉고 있었다. 여름에 첫 작품집을 낸 후 나의 일상은 조용한 카오스였다고 할까. 내 책을 받은 분들로부터의 회신은 모두 격려와 사랑으로 묵직하였다.

그러나 나의 존재의 가벼움은 그 무게를 감당할 수 없을 것만 같았다. 나는 짧은 글 한 편 쓰지 못한 채 가을을 보냈다. 이제 더 이상 글을 쓸 수 없을 것 같은 두려움이 엄습해 왔다. 그리고 나의 창작의 원천이 그렇게 얕은 것이었나 싶은 자괴감에서 헤어나올 수 없었다.

그러나 오늘 아침 날카로운 바이올린의 선율을 들었을 때, 잠든 나의 의식은 바닥부터 흔들려 창작에 대한 열망이 불현듯 솟구쳤다. 그리고 다가오는 겨울에 대한 예감으로 서서히 가슴이 설레이기 시작했다. 모든 것이 다시 근원으로 돌아가는 계절.

나뭇잎들을 다 떨구어 버리고 서 있는 겨울산처럼 나도 자신과 대면해야 하리라. 몇 년 전 겨울날 대청봉 가까이서 내려다본 겨울산들은 모두 삼각형의 골격만으로 준엄하게 서 있었다.

안데르센의 동화 「눈의 여왕」에서, 카이는 눈〔眼〕에 유리조각이 들어가 이 세상의 모든 사물이 추하게 보인다. 그래서 눈〔雪〕의 여왕이 있는 북극으로 떠나버리고 게르다는 카이를 찾아 끝없는 눈길을 헤매인다. 결국 게르다는 카이를 찾게 되고 게르다의 눈물에 의해서 카이의 눈 속의 유리조각은 씻겨 나온다. 카이는 비로소 사랑의 눈으로 이 세상을 보게 되고 그 속의 아름다움을 발견하게 된다. 어릴 때 읽은 이 동화를 나는 지금까지 잊지 못한다. 특히 겨울을 생각할 때마다 떠오르는 눈의 나라…. 나는 끝없이 눈이 쌓인 길을 걷는 몽상에 빠지기도 한다.

음악을 들으면서 계속 겨울에 대한 생각만 한 것은 아니다. 무반주 파르티타를 들을 때마다 조건반사처럼 떠오르는 영상—젊은 여성 연주가가 눈처럼 흰 드레스를 입고 나타났던 무대가 잠깐 떠올랐다. 그녀의 눈을 반쯤 감은, 연주에 몰입한 표정도 생각났다.

3세기 동안 잠들어 있던 바하의 영혼이 한 섬세한 여성에 의해 깨어나 자유롭게 연주홀을 메우고 있었다. 그녀는 영혼을 이어 주는 영매처럼 신들린 듯이 활을 그었다. 청중은 그녀의 화려한 몸짓에 따라 바하의 영감(靈感)과 만나고 장내는 고양된 기쁨의 기운이 흘러 넘친다. 작곡가가 작곡한 음악은 연주가에 의해서 되살아난다. 악보상의 음표는 어떤 묵계에 의한 기호일 뿐, 연주가의 손끝으로 음표는 생명을 얻어 공간과 시간을 갖는 것이리라.

다른 예술도 마찬가지일 것이다. 작가가 남긴 작품은 독자들에 의해서 공간과 시간을 초월하여 생명을 얻을

수 있으리라. 그러면 예술가가 창작 활동을 하는 원동력
은 무엇일까. 어떤 내부의 끊임없는 에너지 때문이라고
한다면 그 에너지의 원천은 또 무엇일까.

지난 가을날 만난 어느 여성 작가는 자기가 쓴 소설들
이 자기 자신이 아닌 내부의 어떤 다른 사람이 쓴 것 같
다는 말을 했다. 그녀는 시골에 혼자 살면서 소설 창작에
만 몰두하고 있는데, 넓은 뜰에다 온갖 과일나무와 야채
들을 손수 가꾸고 있었다. 닭, 강아지들도 기르고 들고양
이들도 집안으로 슬며시 넘나들고 있었다. 몇 년 전부터
우연히 그 집에 오는 들고양이들을 위해서 들통으로 가
득 밥을 끓이고 있었다. 그들의 먹이 때문에 그녀는 쉽사
리 집을 비울 수도 없다고 한다.

창작의 원천은 바로 이런 생명에 대한 사랑이 아닐까?
그녀는 말했다.

"생명이란 너무나 찬란하고 슬픈 것이지요. 생명이란
한(恨)이지요."

쟈코메티의 말이던가. 만약에 집에 불이 나서 고양이
한 마리와 피카소의 그림 중 하나를 들고 나와야 한다면
주저 없이 고양이를 안고 나오겠다고…. 결빙의 계절에
나는 사랑의 불씨를 더욱 뜨겁게 지펴야 되리라. 무반주
파르티타의 선율은 허망하게 끝나서 사라져 버렸다. 깜
깜한 밤하늘에 한줄기 빛을 남기고 사라지는 살별처럼,
잠깐 동안 명징한 겨울의 이미지를 남기고….

이 겨울 아침, 나는 내 존재의 밑바닥을 깊이 응시한다.

(1992.)

찬밥론

생활이 윤택해지면서 사람들은 한 끼 밥의 고마움을 잊어만가는 것 같다.

보다 더 멋있게 옷을 입고, 훌륭하게 집안을 꾸미는 것에 관심이 더 많아진다. 어떻게 즐겁게 여행을 하며 질(質) 좋은 문화를 향유(享有)하는가에 모든 노력을 다하는 것 같아 보인다. 건강을 위해 별난 식품을 다 찾으면서도 정작 밥의 중요성을 잊기가 쉬운 것이다.

옛날에는 둥근 밥상에 둘러앉아 찬밥이라도 나누어 먹는 것을 큰 즐거움으로 여기던 때도 있었다.

그러나 요즈음은 전기밥솥의 출현으로 찬밥은 그 존폐의 위기에 처해 있다고나 할까?

우리에게 있어 밥이란, 밥 이상의 의미를 가지고 있다.

한솥의 밥을 먹다보면 궂은 일도 서로 돕게 되는 정신적 유대감이 생기고, 찬밥 한 숟갈이라도 나누어 먹으면 더욱더 두터운 정(情)이 든다.

찬밥 한 알 한 알에는 우리 조상들의 한숨과 눈물이 섞여 있다. 어렵게 어렵게 보릿고개를 넘으며 부황난 얼굴로 가난을 한탄하던 통곡이 스며 있고, 소작(小作)의 굴레를 벗지 못하던 농부들의 한(恨)이 서려 있는 것이다.

무엇보다 쌀 한 가마니를 채 못 먹고 시집을 간다는 옛날 여성들의 애환과 비애가 담겨 있는 게 찬밥이다.

이른 봄, 들에 나가면 길가에 밥풀 같은 흰 꽃을 다닥다닥 피운 조팝나무를 볼 수 있다. 그 꽃에는 눈물겨운 전설이 전해 내려온다. 옛날에 어느 며느리가 굶주림을 못 견뎌 찬밥을 몰래 훔쳐먹다 시어머니에게 들켜 매를 맞아죽었다고 한다. 그 후에 그녀의 무덤가에서 서럽도록 흰 꽃무리가 피어났다고 한다. 얼마나 한이 맺혔으면 죽어서까지 밥풀모양으로 환생(還生)했을까?

집집마다 구걸을 다니는 거지에게는 찬밥이 생존의 양식(糧食)이었으며, 길 잃은 나그네가 받는 소반 위의 찬밥은 따뜻한 인정(人情)의 교환이었다.

내가 어렸을 때만 해도 우리는 어른들로부터 밥알 하나라도 버리는 것을 큰 죄악이라고 배웠다. 그러나 요즘 그것을 실천하는 사람이 얼마나 될지 모른다.

나는 밥을 지어온 지 20년이 되건만 식구들이 모두 먹기에 딱 맞게 지어본 적이 별로 없다. 쌀을 씻다보면 부족한 것 같아 언제나 쌀을 한 움큼씩을 더 보태게 되는 까닭이다. 사실상 식구수대로 밥을 푸고도 솥에 밥이 조금 남아야 어쩐지 안심이 된다. 그러니 항상 찬밥은 밀리게 마련이고 때로는 귀찮게 생각되기도 한다.

누구나 더운 밥을 원하지만, 윤기가 자르르 흐르는 따뜻한 밥도 몇 시간만 지나면 찬밥이 되고 만다. '오늘의 청춘이 내일은 백발!'이란 경구처럼 이건 어쩔 수 없는 순리(順理)이다.

그래서 찬밥이란 유감스럽게도 대수롭지 않은 물건이나 사람의 대명사로 쓰이기도 한다.

한때 관심의 대상이 되고 사랑 받던 물건들도 보다 새로운 상품이 나오면 찬밥처럼 잊혀지고 만다.

유행이 지난 옷, LP판에 밀려난 SP레코드판, 흑백 텔레비전, 포마이카 장롱….

그러나 우리의 메마른 정서를 촉촉이 적셔주고, 지난 날을 돌이켜 보면 따스한 추억의 등불을 켜게 해주는 것은 이런 것들이다.

사람들은 누구나 강하고 젊고 아름답기를 원한다. 소중한 존재가 되어 영원히 기억되고 싶다. 그러나 세월과 인정은 무심하여 하루아침에 찬밥같이 대우받을 때도 있기 마련이다.

비록 보잘 것 없고 남에게 잊혀지더라도 삶이란 언제나 귀하고 아름다운 것이 아니겠는가?

우리는 우리가 스쳐지나거나 홀대한 사물이나 인연이 때로는 더 소중한 것임을 한참 후에야 깨달을 때가 많다.

무속(巫俗) 신화에 나오는 바리공주(公主)는 어려서 그 부모에게서 버림받았지만 저승에까지 가서 죽은 부모를 살려낸 효녀였다.

진나라의 문왕은 간신들의 말만 듣고 충신 개자추를 찬밥처럼 내몰았다고 한다. 뒤늦게 잘못을 깨닫고 산속에 숨어 있는 개자추를 불러내려고 불을 질렀으나 그만

타죽고만 것은 잘 알려진 이야기다. 일년에 하루만이라도 개자추를 추모하여 불을 쓰지 않고 찬밥을 먹는 '한식'을 정했으니, 옛날 사람들은 찬밥의 소중함을 터득한 지혜 있는 사람들이었다.

언젠가 온 식구가 여행에서 돌아왔을 때이다. 휴게실에서 요기는 했지만 집에 도착하고 보니 식구들마다 찬밥을 찾아 냉장고를 뒤지기 시작했다. 마침 남아 있던 한 그릇의 찬밥이 온 식구를 행복하게 해준 것은 물론이다.

어쩌다가 외식이라도 하고 온 날은 왜 그런지 속이 한구석 빈 것 같이 허전하다. 이럴 때, 밤늦게 김치 한쪽과 먹는 찬밥의 그 깔끔한 맛을 어디에다 비교하겠는가? 찬밥은 이렇게 우리의 빈 곳을 채워주는 소중한 것이 아닌가 싶다.

아무쪼록 찬밥을 소중히 여길 일이다.

(1987.)

이천 원의 선택

단돈 이천 원으로 우리가 할 수 있는 게 무엇일까? 어떤 사람은 분위기 있는 카페에서 한 잔의 커피를 놓고 그 향기에 젖으며 사색에 잠길 수도 있을 것이다. 누군가는 필름 한 통을 사서 추억 만들기를 계획하리라. 시집 한 권을 사서 영혼을 살찌우려는 사람인들 왜 없겠는가. 만약 나에게 약간의 시간과 돈 이천 원이 주어진다면 나는 아무 망설임 없이 목욕탕으로 가려고 한다. 그곳에 가서 옷을 훌훌 벗고 더운 물에 몸을 담그겠다. 삭막한 이 도시에 군데군데 공중목욕탕이 있다는 것은 사막에 오아시스가 있는 것만큼이나 고마운 일이다.

이삼십 년 전만 해도 목욕탕을 갖고 있는 집은 드물었다. 목욕을 하기 위해서는 대부분 공중 목욕탕을 이용했다. 생활이 윤택해지면서 또 아파트라는 새로운 삶의 양식이 생기면서 사람들은 목욕을 위해 자기만의 좁은 공간에 갇히게 된 것이다. 마을에 공동 우물이 없어지고 각 가정에 수도가 생기면서 편리함과 이웃을 맞바꾼 것처럼, 가정의 목욕탕으로 사람들은 점점 개인주의가 되어 더불어 사는 즐거움을 잃어가고 있다고 할까.

목욕탕에서는 군중 속의 고독이 아닌, 사람들 속에 섞이는 즐거움을 누릴 수 있다. 탕 속에 들어가 비스듬히 몸을 누이면 세포 하나 하나가 안식을 얻는 듯하다. 주위를 돌아보면 뽀오얀 김을 통해서 내 눈에 비치는 사람들은 모두 르노와르의 여인들처럼 아름다워서 창조주의 절묘한 솜씨에 감탄이 절로 나온다. 목욕탕이야말로 태초의 인간의 모습 그대로를 보여준다.

신분의 구별이 없고, 아무 편견도 허위도 없다. 장신구도 화장도 안한 나신(裸身)이기에 너도 나도 평등하다. 소유의 차이도 없이 필요한 대로 세숫대야나 비누를 쓰다가 빈 손으로 나가면 된다.

목욕탕이야말로 바로 자유와 평등의 전당인 것이다. 그래서 이곳에 들어오면 나는 겸손한 평화주의자가 되며, 퀘이커교도처럼 검소한 물질관을 갖게 된다. 마음을 텅 비우니 지혜의 샘이 솟지 않을까. 아르키메데스가 목욕탕 안에서 진리를 발견하고 "유레카!" 하며 벌거숭이로 뛰어나간 것은 우연이 아니다.

오만한 독재자도 적신(赤身)으로 다른 사람들과 어울릴 수밖에 없고, 백만장자도 물과 비누만 소유하는 것이다.

삶에 절망하거나 배반을 당했을 때 이 둥근 호수의 더운 김은 상처 입은 마음을 부드럽게 위안해준다. 나의 친구는 어머니를 여의고 슬픔이 북받쳐 오를 때마다 목욕탕에 가서 울었다고 한다. 땀과 눈물이 뒤섞여 흐르니 옆의 사람도 모르게 실컷 울 수가 있었다는 것이다.

　목욕하는 사람들의 행동을 보면 각양각색으로 가히 자유 민주주의의 꽃을 피운다. 샤워를 먼저 하고 탕 속에 들어가는 사람, 그 반대인 사람, 때를 미는 순서도 각각 다르다. 그렇다고 남의 목욕 방법에 대해서 말하는 사람은 아무도 없다. 남에게 폐만 끼치지 않으면 완전자유가 보장되는 곳이 목욕탕이다.

　따뜻한 목욕물에 몸을 담그면 마치 양수(羊水)에 떠있는 듯 평온함을 느낀다. 어머니의 태중에 있을 때도 이와 같이 포근한 충만감 속에서 바깥 세상에 나갈 준비를 하고 있었을 것이다. 그래서 탕 속에서 나올 때는 갓 태어난 아기가 된 듯한 신선함을 느낀다. 해마다 덧입혀지는 세월의 때, 그 간교함이나 노회함이 벗겨지는 듯 마음까지도 맑아지는 것이다.

　깨끗하고 널찍한 목욕탕에서 문득 어린 시절에 어머니를 따라 다니던 목욕탕이 생각난다. 내 가느다란 팔다리를 힘좋게 빡빡 밀어주시던 어머니, 그때는 너무나 뜨거웠던 탕속의 물, 어린 아이들의 울음소리와 소란한 물 끼얹는 소리, "여기 찬물 더 넣어 주세요" 하며 손뼉치는 소리, 마치 시장바닥 같이 어수선하던 그 시절의 목욕탕이 아련한 그리움으로 떠오른다.

　나의 어머니는 이미 노약하시고, 나 또한 그때의 어머니의 나이도 훌쩍 넘어 빈 둥지만 지키고 있는 어미새의 형상이니 단돈 이천 원을 들고 목욕탕에만 오면 이런 저런 생각에 시간 가는 줄 모르는 것이다.

(1993.)

앙코르

    음악회장으로 들어가는 예술의 전당의 뜰은 공연에 대한 설렘을 음미하기에 충분할 만큼 열려 있다. 널찍널찍한 화강암이 깔리고 몇 개의 층계와 조각품도 있어 시간의 여유가 있을 때에는 충분히 즐길 만도 하나, 대개 공연 시간에 대어 가느라고 숨가쁘게 지나칠 때가 더 많다. 그 공간이 제 역할을 할 때는 공연이 끝나고 음악회장을 나올 때다.

    음악회에서 받은 감흥을 그대로 안고 광장에 나설 때는 되도록 천천히 걷고 싶어진다. 입 속으로 귀에 익은 멜로디를 흥얼거리면서, 도시의 밤이 주는 매혹적인 공기에 이끌려 집으로 돌아가는 발길이 머뭇거려지는 것이다.

    연주복으로 정장한 연주가의 열정적인 연주가 모두 끝나면, 청중들은 앙코르곡을 요청하며 박수의 소나기를 쏟아 붓는다. 갈채는 객석의 팬들이 연주자에게 보내는 꽃다발이라고 할 수 있다. 의례적인 때도 있겠지만 연주의 성공 여부에 따라 그 열기는 누구나 쉽게 몸으로 느낄 수 있다.

인생이란 공연에는 앙코르가 없다. 그 누구도 연주가 끝나면 바로 무대를 떠나야 된다.

그러나 음악회에서는 한두 번의 무대 인사로 사양을 하던 연주자도 계속되는 박수 갈채에는 못 당하겠다는 듯, 못 이긴 체하고 다시 나와 앙코르곡을 선사한다. 사실상 앙코르곡의 연주에서 연주자의 개성이나 심상이 더 드러날 때가 많다. 그 시간은 연주자나 청중이 모두 함께 긴장을 풀고 보다 인간적인 교감을 나누는 시간인 것이다.

연주가에 있어서 앙코르곡의 연주란 화가에 있어서는 대작을 완성한 뒤의 가벼운 스케치이며, 작가에 있어서는 장편소설을 쓰고 난 뒤의 고백적 산문 같은 것이 아닐까? 오랫동안 계획하고 준비해온 연주를 끝내고 난 성취감에서 혹은 허탈감에서 청중들에게 보내는 허심탄회하면서도 성실한 자기고백 같은 것이리라. 그리고 무엇보다도 자기의 음악을 즐겨주는 애호가들에게 보내는 사랑의 표시인 것이다.

연주자가 개인적으로 좋아하는 짧고 가벼운 곡들이 즉흥적으로 연주되기에, 어려운 곡이 지루하여 졸던 사람도 앙코르곡만은 즐기지 않을 수가 없다. 그래서 그 시간은 마치 중요하고 긴 회의를 끝내고, 홀가분하게 식사를 하며 환담하는 때와도 같이 즐거움과 자유로움이 동반되는 시간인 것이다.

본 음악회 동안 기침도 참고, 악장과 악장 사이에 박수 소리도 못 내고 숨을 죽이던 사람들도 앙코르곡을 요청할 때는 편안하게 옆 사람과 얘기도 하며 손바닥을 마음껏 치는 자유를 누린다.

본 연주회의 대곡들보다는 앙코르 연주곡이 더 기억에 남을 때가 있다. 은발의 첼로 대가가 연주한 날, 그 날의 곡목은 기억에 없지만 앙코르곡으로 들려준 바하의 「아리오소」는 그 장중하면서도 따뜻한 연주로 아직도 내 귓가에 선연히 남아 있다.

때때로 세계의 정상에 선 음악가들 중에 앙코르 곡 연주에 인색할 때가 있다. 청중들이 누가 이기나 보자는 듯이 끈질기게 박수를 쳐대어도 무대에서 고개만 까딱하고는 다시 들어가는 것이다. 아무리 훌륭한 연주자라도 앙코르를 받아주지 않는 사람은 인간미가 없어 보이기까지 한다.

오래 전 음악계의 황제, 카라얀이 마지막으로 한국에서 지휘봉을 잡았을 때 청중들의 계속되는 요청에도 그는 끝내 지휘봉을 다시 올리지 않았다. 걸음걸이도 불편한 노구의 대가인 것을 인정하면서도 마음 한구석이 서운했던 기억은 어쩔 수 없다. 그는 나에게 귀족적이면서 차가운 인상의 예술가로 남아 있다.

얼마 전에 한국을 방문한 미샤 마이스키는 앙코르곡으로 우리의 가곡들을 연주해 주었다. 광장의 마이크를 통해 울려 퍼지던, 첼로로 연주하는 「청산에 살리라」의 비장한 아름다움은 오랫동안 잊혀지지 않을 것 같다. 한국적 가락이 첼로에 실릴 때, 절묘한 울림으로 듣는 사람들을 사로잡는다는 것을 이미 알고 있는 마이스키는 섬세한 감성의 연주자라는 생각이 들었다.

　며칠 전에는 해외에서 활약하는 젊은 음악인들이 꾸미는 음악회가 있었다. 현대 작곡가들의 서정적인 실내악이 몇 곡 연주되고 음악회가 끝나자 청중들은 모두 앙코르를 외쳤다. 그만큼 연주가 감명 깊었고 청중들은 돌아가기가 아쉬운 것 같았다. 몇 번의 무대 인사 끝에 세 사람의 연주자들이 나와서 피아노 삼중주를 연주하기 시작하자 객석은 잠잠해졌다. 조용히 시작되는 멜로디를 따라가 보니 그 곡은 「아침이슬」이었다. 청중들 사이에서 나직한 속삭임이 들렸다. 내 마음속에도 잔잔한 감동이 밀려오면서 가슴 한구석이 찡해 오는 것이었다. 아, 그런 시대가 있었지. 화염병과 최루탄이 난무하고 젊은 꽃들이 불길에 휩싸여 떨어져 내리던 그런 때가. 연주자들도 그들과 같은 세대로 비록 나라 밖에 있었지만 마음만은 그들과 함께 했고 조국을 생각하며 훌륭한 연주가가 되기 위해 노력했다는 무언의 고백이 음악에 담겨 있는 것 같았다. 음악이 끝나자, 청중들의 호응은 최상에 달해 자리를 뜰 줄 모르고 계속 박수를 보냈다.

　마지막으로 일곱 명의 출연자가 모두 나와 각각의 악기로 흥겨운 재즈곡을 연주하기 시작했다. 그들끼리 즐겁게 서로 마주 보고 웃으며 고향에서의 무대를 자축하는 듯 신바람 나게 연주를 계속했다. 어렸을 때 유학을 가서 온갖 외로움과 경쟁을 이기고 이제는 최고의 연주가로 우뚝 선 그들이기에 서로의 음악에 대한 이해가 더 클 것이다. 퇴장할 때도 선배가 후배의 어깨를 감싸 안고 나가는 모습이 보기에 좋았다.

잔치 끝의 뒤풀이 같은 흥겨움에 온 청중들도 하나 둘씩 일어서며 박수 갈채를 아끼지 않았다. 연주자와 청중들의 마음이 하나가 되는 순간이었다. 오랫동안 이어졌으면 싶은 그런 순간이.

앙코르 무대 같은 삶을 살고, 앙코르 연주 같은 그런 수필을 쓸 수 있었으면…. 음악회장을 걸어나오며 문득 머리에 스치고 지나가는 생각이었다.

광장에는 저녁 바람이 제법 시원했다.

(1999.)

4월의 꽃

4월의 꽃들은 자유를 구가하는 기질을 가지고 피어난다.

개나리, 진달래, 벚꽃 그리고 복사꽃…. 그들은 흐드러지게 산야(山野)를 누비며 그 서러운 빛깔로 신명을 푸는 것이다.

5월의 꽃들인 장미, 모란, 라일락 등은 귀족적인 자태와 짙은 향기로 정원에서 완상(玩賞)의 대상이 되고 보살핌을 받는다. 그러나 4월의 꽃들은 담장 안의 비호(庇護)를 단호히 거부하고 떼를 지어 저희들끼리 피고지는 것이다.

5월의 꽃들이 카나리아나 잉꼬같이 새장 안에서 주인을 위해 우는 새들이라면, 4월의 꽃들은 종달새나 두견새 또는 뻐꾸기 같다고 할까? 푸른 하늘을 거침없이 날며 때로 비바람에 젖기도 하고 먹이를 구하러 낯선 숲속을 헤매기도 하는….

4월의 꽃들은 경직된 형색과 틀에 박힌 편견을 싫어하기에 자유로운 토양이 있는 곳이면 어디든 가리지 않고 핀다. 아침저녁 이슬이 내리고 별빛이 비치는 곳이면 아파트 담장이면 어떻고 초등학교 뜰이면 어떠리. 매연을 두려워하지 않아 찻길가에도 피고, 주인 모르는 호젓한 무덤가에도 핀다. 개천가에도 피고 바위산에도 피는 게 4월의 꽃이다. 그들은 더불어 피기를 즐겨한다. 혼자만 곱다고 뽐내지 않고 어울려 무리 짓기를 기꺼워하는 것이다.

3월은 신생(新生)의 희망을 연둣빛으로 싹 틔우는 계절이고, 5월은 신록으로 생명의 환희를 합창하는 달이다.

그러나 4월은 화사하지만 운명이 기구한 여인처럼 먼지바람과 봄가뭄을 몰고 온다. 때로는 갈망과 한탄으로 심화(心火)를 일으키듯 산불을 연달아 내기도 하고, 분분하게 꽃가루를 날려 사람들에게 안질을 선사하기도 하는 것이다. 그래서 4월의 꽃들은 잎도 나기 전에 호소하듯 붉은 빛, 노란빛으로 터져나오는 것이리라. 푸른 잎에 떠받들려 기품 있게 조화를 이루어 피는 게 아니라, 회초리 같은 가지에서 아픔을 무릅쓰고 개화(開花)하는 것이다.

그래서 4월의 꽃은 눈물겹다.

추운 겨울을 온실이나 비닐하우스에서 나는 게 아니다. 꽁꽁 언땅 밑에서 생명의 불씨를 지키다가 때가 되면 일어나는 것이다. 아무도 때맞추어 비료를 주고, 순을 따주고, 곁가지를 잘라주지는 않는다. 다만 흙과 대기(大氣)와 거기에 충만해 있는 알 수 없는 기운이 그들이 숨쉬고 자라기를 흡족하게 해주는 것이다.

그들의 꽃 하나하나를 자세히 살펴보면, 너무나 여리고 조그맣고 금방 망가질 것 같아 떨림과 안타까움을 느낀다. 그러나 무리를 이룬 그들을 멀리서 바라보는 것은 견고한 기쁨이 된다.

고속도로 변에 핀 샛노란 개나리 덤불을 보고 있노라면 젊은이들의 힘찬 환호성을 듣는 것 같지 않은가?

관악산 기슭에는 밖에서는 보이지 않는 진달래 숲이 있다.

어느 이른 아침 그곳을 찾았다. 어디선가 '꾹꾸루 꾹' '찌르르 삑' 하며 새들이 울고 있고, 멀리 또는 가까이 나뭇가지에는 아직 펴지지 않은 아기 잎들이 촌각(寸刻)을 놓치면 볼 수 없을 작은 점으로 떠 있었다. 그것은 마치 악보 위의 음표들같이 조금씩 흔들리고 있었다.

그 사이사이로 무리 지어 피어 있는 진달래 꽃더미!

내가 진달래를 그렇게 가까이서 대한 것은 처음인 것 같았다. 그들은 살아있는 넋이며 얼굴들이었다. 내부의 정열을 잔잔히 태우고 있는 조용한 불꽃이었다. 사방은 나를 이곳으로 이끈 그 생명의 숨결로 가득 차 있다. 예기치 않은 조우(遭遇)였다. 언제부터 이 꽃은 봄마다 피어왔을까? 내가 서 있는 시간은 어디쯤인가? 가슴속에서 이름 모를 슬픔이 조금씩 밀려왔다.

며칠 후면 이 꽃들은 모두 지고 말 것을….

어느 날 사람들이 기다리던 봄비가 내리면 꽃들은 자취도 없이 사라지리라. 푸릇푸릇 돋아나는 새 잎에게 자리를 내어주고 깨끗이 떨어져버릴 것이다. 미련을 두거나, 종말을 두려워하지 않고 비 개인 아침 하늘처럼 그 끝이 깨끗한 게 또 4월의 꽃이다.

그래서 나는 4월의 꽃을 사랑한다.

우리의 산야에 눈물겹도록 지천으로 피어나는 개나리 진달래를….

혹시 27년 전 사월에 미처 피지도 못하고 스러진 젊은 넋들일지도 모를 그 꽃들을.

(1987.)

까치와 우체부

새해 새 아침을 까치 우는 소리를 들으며 맞이하고 싶다.

한 해가 열리는 새벽에 청아한 길조의 지저귐으로 눈을 뜬다면 나에게도 감격과 기쁨의 하루하루가 약속되지 않을까.

혹시나 뒤틀린 마룻장처럼 삐걱거리는 일상일지라도 까치의 서기(瑞氣)어린 날갯짓으로 빛나는 날들로 변화할 것 같은 생각이 든다.

어린 시절 잠결에 듣는 까치소리는 얼마나 예감에 차 있는 소리였던지….

도시에 살며 또 아파트에 살기 시작하면서 우리들이 잃어버린 많은 것 중의 하나가 까치 우는 소리일 것이다.

까치는 옛날부터 우리 삶의 한 자리를 차지해왔다. 우리가 눈을 감고 떠올리는 고향의 모습도, 시냇가에 미루나무가 줄지어 있고 그 나무에 까치집이 있는 풍경이다.

옛사람들은 까치와 영적으로 교감했던 것 같다. 『삼국유사』에도 까치 이야기가 나온다.

신라의 아진포 앞바다에 고기 잡는 할머니가 살았다고

한다. 할머니는 박혁거세 왕에게 고기를 진상하며 살았는데, 어느 날 할머니는 바다로부터 뭇 까치들이 지저귀는 소리를 듣는다. 그녀는 궁금하여 배를 저어 바다로 나아가 보았더니, 까치들이 어떤 배를 둘러싸고 짖어대고 있었다.

배 안에는 커다란 궤가 하나 놓여 있었다. 떨리는 마음으로 상자를 열어보니, 그 안에서 한 잘생긴 소년과 일곱 가지 보배와 머슴들이 나왔다고 한다. 그 동자가 나중에 탈해왕이 된다.

그래서 탈해왕은 까치로 말미암아 살게 되었다고 해서 까치 작(鵲)자에서 조(鳥)자를 떼어버리고 석(昔)자로 성을 삼았다고 한다.

까치는 은혜 입은 선비를 구렁이로부터 구하려고 자기 몸을 부딪혀가며 종을 치던 의리 있는 새이기도 하다. 또 칠월칠석날 견우와 직녀가 만나도록 다리를 놓아준 사랑의 새이기도 했다.

"까치 까치설날은 어저께고요⋯."

하는 아이들의 동요에도 나오는 정다운 새⋯. 까치가 날아들지 않는 우리 동네는 정말 삭막한 곳인가보다.

그러나 우리 동네에도 하루에 한 번씩 자전거를 타고 오는 반가운 전령이 있으니, 바로 우체국 아저씨다. 갈색 모자를 쓰고 편지 뭉치를 든 우체부를 보면, 까치소리를 들을 때처럼 가슴이 설레인다.

모든 것이 자동화되고 편리를 추구하는 요즘, 10년이나 20년 전과 똑같이 우체부는 집집마다 걸어다니며 편지를 넣어준다. 마치 까치가 백년 전이나 천년 전이나 똑같이 나무 위에 둥지를 트는 것처럼.

우체부를 보고 있노라면 아직은 우리들 사이에 남아 있는 훈훈한 인간적인 체온을 느낄 수 있어 위안을 받는다.

보금자리마다 사랑과 희망을 배달하는 사람.

그러나 지금 이미 까치소리를 들을 수 없듯이 멀지 않은 장래에는 우체부마저 볼 수 없을까봐 염려스러워진다.

사람마다 편지 쓰기를 귀찮아하고 모든 용건을 전화로 해결하는 요즈음이 아닌가. 이제는 팩시밀리라는 게 생겨 집집마다 한 대씩 갖추면 집에 앉아서 편지를 주고받게 되지 않겠는가.

편지를 보내면 바로 받아볼 수 있으니 문명은 우리로부터 또 하나의 행복감인 답장을 기다리는 기대마저 빼앗아가는 것이다.

하얀 편지지에 상대방의 얼굴을 그리며 다정한 사연을 적고, 썼다 지웠다하며 마침내 마침표로 마무리짓고, 또 미진하여 P.S.로 추신을 한 뒤 잘 봉한다. 우체통에 넣고 빈손으로 돌아설 때의 그 미묘한 허탈감도 더 이상 맛보기 어려운 시대가 가까이 오고 있다.

그때쯤이면 비가 오나 눈이 오나 빨간 옷을 입고 길가에 서 있는 우체통도 더 이상 볼 수 없게 되지 않을까.

'우체국에 가면 잃어버린 사랑을 찾을 수 있을까'라는 어느 시인의 노래도 더 이상 들을 수 없으리라.

(1991.)

초록빛 섬의 잔상

유월이 되면 머언 남쪽 나라를 건너오는 바람이 바다를 차고 초록빛 가루를 뿌리며 다가온다.

그러면 바다는 짙은 남빛으로부터 청동빛으로, 다시 진초록으로 몸색을 바꾸기 시작한다.

섬은 언제부터인가 주술이 풀린 전설(傳說) 속의 공주처럼 기지개를 켜며 잠을 깨기 시작했으리라. 봉긋한 가슴에서 풀잎들을 일으켜 세우고, 발목을 간지럽히는 바닷물의 희유(嬉遊)에 섬은 어깨를 움츠리리.

깊은 바닷속 거북이 소라들은 초록으로 물들고, 고등어의 등마저 더 푸르러 미역이며 파래도 생기를 되찾는다.

게는 어기적거리며 바다 밑을 기어다니고, 하늘에서 내려온 한 떨기 별 같은 불가사리의 꿈은 어떤 빛깔로 변화를 거듭하고 있을까?

초록 물결에 조그만 낙하산으로 떠다닐 해파리도 그 덧없는 환영 같은 부유(浮遊)를 시작하고 있을 것이다.

나에게 있어서 섬이란, 아니 그 부근까지도 모든 것이 초록으로 비친다.

섬의 숲이 초록이요, 섬을 둘러싼 물빛도 초록이다. 섬에서 놀다 잃어버린 어린 날의 손수건 또한 초록빛이었다.

초록빛 바탕에 작은 짐승들이 그려져 있던 그 손수건은 어린 날의 꿈과 이상(理想)이었던 것을…. 해가 수평선에 기울 때까지 외사촌들과 풀밭 사이를 찾았지만 끝내 나타나지 않았던 그 푸른 손수건. 가벼운 새가 되어 벼랑 밑 바위틈에 숨어버렸었는지? 그것은 아마 처음으로 내가 겪은 상실이었는지도 모른다.

상급학교에 진학할 때마다 힘겹게 더 큰 도시로 옮겨 갔던 나는 새로운 하나를 얻기 위해서 얼마나 많은 것들을 잃어야만 했던가?

여름 방학 때면 배를 타고 외갓집이 있는 통영에 갔었다. 마산에서 통영에 이르기까지에는 많은 섬들과 포구(浦口)들이 있었다. 뱃머리 가까이 다가왔다가는 소리 없이 미끄러져가던 섬, 섬들….

어느 시인은 고향이 그리울 때면 기차역에 가서 고향으로 가는 기적소리를 들었다지만, 나는 지도를 펼쳐놓고 남빛 바다에 손가락을 짚으며 뱃길을 그어보는 것이다. 그러면 금세 손가락에 남빛물이 들 것 같은 그 정다운 이름들—성포, 장승포, 지세포, 견내량….

거침없이 포말(泡沫)을 뿌리며 바다를 가르던 배도 포구가 가까워지면 잔잔한 물결에 몸을 내맡긴다.

섬사람들은 나룻배를 타고 가까이 다가와서 조갑지 같은 사투리를 던지면서 배에 오르곤 했다.

원래의 내 고장 사투리는 지금은 서울 어디서나 들리는 당당하고 거리낌없는 그런 말투는 아니었다. 소박하고 수줍음이 배어 있었다.

"김밥 사이소, 아지매."

"어디예."

"언지예."

육지가 산문이라면 섬은 시(詩)이다.

육지가 일상(日常)이라면 섬은 꿈이리라. 섬들은 조용하고 일어설 줄을 모른다. 섬에서는 모든 것이 꿈속에서처럼 아슴할 뿐이다.

소나무 숲에서 학(鶴)의 비상(飛翔)을 본 것은 어느 해였던가?

푸른 소나무에 눈부신 옥양목처럼 앉아 있던 몇 마리의 새들 중 두세 마리가 천천히 날아올랐었다. 그 학처럼 날고 싶었던 내 작은 소망. 근처에는 단청이 낡은 충무공의 사당(祠堂) 있고, 숲 사이로 난 길에는 햇볕이 아롱지고 있었다. 그 길이 향한 곳을 모르듯 볼 수 없는 나의 미래가 안타까웠었다.

그러나 지금의 내가 서러워하는 것은 영사기에서 흘러나오는 빛처럼 두 손으로 잡을 수 없는 어린 날의 잔상(殘像)들이다.

어릴 때에 본 섬과 바다는 그것이 아름다움인 것을 미처 몰랐었다. 그것은 나를 둘러싼 세계였고 자연일 뿐이었다.

섬에 오르고 싶다.

황폐한 도심을 벗어나서 잠깐만이라도 그 보드라운 흙을 밟아봤으면….

숲 사이의 길을 따라 아침 이슬에 젖은 축축한 풀들을 헤치고 걷노라면 정강이가 쓰라려도 마음은 밝아올 것이다.

그리고는 고달픈 나의 육신을 물결 가까이에 누이고 싶다. 시간이란 바퀴에 매달린 무거운 삶의 수레를 잠시 벗어나서, 어디 주인 없는 소라껍데기가 있으면 웅크리고 들어앉고 싶다.

허영의 의상일랑 모두 걸어두고, 방황하던 신발도 벗어두고, 단지 조그만 생물이 되었으면… 아무 생각 없이 잠자고, 햇살에 씻기우고 파도에 흔들리며, 달이 뜨면 꿈을 꾸고, 밀려오는 해조음(海潮音)만 귀에 담으리라.

양파껍질을 벗기듯, 나를 한 겹씩 벗겨내어, 욕망을 지우고, 잡다한 기억도 버리고, 고양(高揚)된 정신을 향한 갈망도 거두고, 단지 오감(五感)만으로 존재하고 싶다.

자연(自然) 속에 내가 흡수되고, 나의 내부에 자연이 가득하다면 그때야말로 참 평화와, 참 행복의 순간이 아닐까 한다.

'떠나야지, 떠나야지.'

하면서도 일어서지 못하고 되돌릴 수 없는 세월을 향해 눈을 감으면, 내 방은 어느덧 남빛 물결로 넘실대고, 나는 하나의 초록섬이 되고 만다.

(1986.)

幻影의 도시

　사람들과의 대화를 좋아하지 않고 고독을 즐기고 싶은 사람은 이제는 더 이상 산 속으로 들어갈 필요가 없다. 도시야말로 인간이 고독을 즐기기에 가장 적합한 장소가 되어 있기 때문이다. 특히 많은 사람들 속에서 느끼는 고독은 그 외로움을 몇 배나 증폭시키기 때문에 도시의 큰 건물이나 넓은 길에서 사람들은 더욱더 짙은 고적감을 느낄 수가 있다.

　문명이 발달할수록 점점 도시는 커지고, 건물은 높아져서 고독을 향유하려는 사람들에게 크게 이바지한다.

　옛 사람들은 신(神)에게 가까이 가고자 탑을 쌓아올렸다. 그러나 현대인들은 인간의 능력을 과시하고자 점점 높은 건물을 지어간다. 높은 빌딩에서 내려다보면 장난감 같은 자동차가 지나가고, 사람들의 모습은 손가락만하게 보인다. 문명이라는 거인 앞에 인간의 모습은 왜소하기만 하다.

　하루 낮을 혼자 아파트에서 보낼 때 정적은 소리 없는 파도처럼 귓가를 맴돈다. 도시에서는 하고 싶은 말을 기계가 대신 해준다. 부재(不在)를 알리는 전화의 자동응

답 소리. 도시의 밤은 더욱 더 짙은 단절의 빛깔로 떠오른다.

멀리 보이는 자동차들의 불빛 행렬과 강 위에 느릿느릿하게 떠가는 유람선을 보노라면 우리는 어디로 와서 어디로 가는 것일까 하는 근원적인 의문에 사로잡힌다.

도시에서 흙의 냄새를 느끼는 곳은 공사장에서이다. 새로이 길을 뚫고, 있던 집을 허물어 다시 높이 쌓는 공사판에 서면 인간의 땀과 풋풋한 생명력을 느낄 수가 있다. 문명에 오염되지 않은 듯한 건강한 호흡과 노동이 있기에 숨통을 틔워준다.

그곳에는 쌓아 올린 흙더미도 있고 물웅덩이도 있어 도시의 내부를 들여다 볼 수 있다. 늑골과 같은 철근들과 신경줄 같은 전선들이 얽혀 있는 지하 세계가 드러난다.

점점 더 깊이 흙 속으로 파고 들어가면 태초의 순결한 흙을 만날 수 있을까. 아득한 옛날에는 뜨거운 불덩이였을 지구.

땅속 깊은 곳에는 아직도 붉은 용암이 살아 꿈틀거리리라.

공사장에서 눈을 돌려 도시를 보면 거대한 환영으로 보인다. 언젠가는 사라질 무대 장치처럼….

신기루처럼 뿌옇게 떠오르는 회색빛 건물들은 언제까지 서 있을 것인가. 나의 시간과 공간이 자리잡은 이 시대의 도시가 영원의 길목으로 가기까지 존재할 것인가.

멀리 하늘 끝자락 북두칠성 근처에는 지금 새로운 별이 폭발하여 새 우주가 창조되고 있다고 한다.

　그곳에도 언젠가 도시가 생기고 나와 같은 존재도 생성될까. 지금 이 자리의 나는 그림자인지도 모른다.

　내 눈에 비치는 집들, 거리, 흐르는 인파, 이 모든 소리 또한 눈을 뜨면 사라지고 말 꿈속의 풍경이 아닐까?

(1994.)

고객 변심

가을이 깊을 대로 깊어 플라타너스의 넓은 잎들이 바람에 따라 공중에 춤을 추듯 휘날리며 내려온다. 이런 날에 바바리 코트의 깃을 세우고 보도 위에 떨어진 가로수 잎을 한 잎 두 잎 밟으며 걷는다면 멋있어 보이지 않을까. 요즈음은 숙녀들도 바지를 입는 게 유행이라, 나 또한 그 활동성에 익숙해져서 웬만한 자리에는 바지차림으로 다니기 일쑤다.

그러나 이 가을에는 어쩐지 치마에 굽 높은 구두를 신고 걸을 때마다 체크무늬의 안감이 살짝 보이는 바바리 코트를 나도 한 번 입어보고 싶었다.

한 벌 사 놓으면 평생을 입을 텐데 이번 기회에 장만하시지요 하면서 할인에다 할부이니 더 이상의 좋은 기회가 없다는 예쁘장한 여점원의 말에 그만 덜컥 신용카드를 건네준 다음 전표에 사인을 하고 말았다.

집에 와서 입어보니 아무래도 너무 포멀해 보이고 옷이 무겁고 불편하다. 그리고 가격을 생각하니 머리가 무거워진다. 요즈음 옷값이 오죽이나 비싼가. 그러나 도로 돌려주려니까 마치 덤으로 받은 상품을 돌려주기라도 하는 듯 아까운 생각이 든다. 할인가격인데… 밤늦게까지 고민하다가 다음날 그 상점을 다시 찾았다.

아무래도 나한테는 어울리지 않는 것 같다면서 돌려주겠다고 했더니 우려했던 것과는 달리 그 점원은 아주 친절하게 물건을 받으며 반품카드를 작성한다. 그녀는 제품번호를 쓰고 반품 이유란에는 잠깐 동안 생각한 후에 '고객 변심(顧客 變心)'이라고 쓰는 것이었다.

나는 그 글을 보는 순간 흠칫 놀랐다. 내가 무슨 변심을 했던가?

옷을 샀다가 돌려준 걸 가지고 '변심' 운운할 수 있을까. 그러나 다시 생각해 보니 그건 적절한 이유였다. 고객이 마음이 변했다는 말이 아닌가. 어제는 내가 물건이 마음에 들어서 샀다가 오늘은 싫어져서 돌려주니 분명히 마음이 변한 것이다. 말하자면 물건은 같은 물건인데 그 물건에 대한 내 마음이 변하였다.

사람의 마음은 항상 변하고 있다. 시인은 '내 마음은 호수요. 그대 노 저으오' 하고 노래하지만 그 호수에 고요한 달빛이 비칠 때보다는 바람이 부는 데에 따라 물결이 일 때가 더 많다. 사람이 싫어지든 물건이 싫어지든 마음이 변한 것은 마찬가지지만 사람에 대해서 마음이 변할 때에는 상대방의 마음에도 영향을 주기 때문에 심각해진다.

그래서 변심이란 말은 의리를 저버린다든지 상대방에 대한 신뢰를 깨뜨린다든지 하는 뜻으로 쓰일 때가 많다. 대개는 사랑하는 사람들이 마음이 변했을 때에 쓰는 말이다. 그래서 '변심'이란 말은 어떤 극적(劇的)인 애상 (哀傷)감마저 불러일으킨다.

　이수일에 대한 심순애의 변한 마음을 '변심'이라며 질 책할 수는 있겠지만 바바리 코트에 대한 나의 변한 마음 을 '변심'이라고 쓴 것은 억울하지 않는가? 내가 그 바바 리 코트를 선택하지 않았다고 해서 그 코트가 슬퍼할 리 는 없을 것 아닌가? 그리고 나의 변심으로 인해서 코트 하나를 돌려 받았지만 다른 고객의 변심으로 해서 기대 하지도 않던 판매를 할 수도 있을 것이다. 아마 그 여자 점원은 그 코트를 나에게 시집 보내는 마음으로 팔았던 모양이다. 아침저녁으로 쓰다듬던 예쁜 딸을 나에게 시 집 보냈는데 하루만에 마음에 안 든다면서 소박을 놓고 말았으니 그 점원 입장에서는 당연히 '변심'이라며 못을 박고 싶었을 것이다.

　코트 한 벌에 대해서도 신의를 지키지 못하는 무디어 진 내 양심을 꼭 찌르면서….

(2000.)

꽃과 꽃 사이

　아침에 시장에 다녀오다 꽃집에 들러 노란 프리지어를 두 다발 샀다. 꽃집 아주머니는 안개꽃을 조금 덤으로 주었다. 화병이 조금 크다 싶었지만 꽃들을 성기게 꽂고 나니 오히려 여유가 있어 보이고 편안하다. 한때는 꽃을 사도 듬뿍 사서 빽빽하게 꽂아 놓는 것을 좋아했는데, 한 송이 한 송이 간격을 두고 꽂으니 꽃과 꽃 사이의 공간도 정물이 됨을 깨닫는다. 꽃송이도 숨 쉴 틈새가 있어 자유로워 보인다.

　맑은 크리스털 꽃병에 꽂힌 프리지어와 성긴 안개꽃, 그리고 꽃들 사이의 그 공간으로 하루의 시작이 싱그러워진다. 꽃의 여린 향기는 꽃과 꽃 사이를 지나 나의 후각을 섬세하게 어루만진다.

　사계절의 구분이 없이 꽃이 흔해진 요즈음이지만 그래도 프리지어는 2월의 꽃이다. 봄이라기엔 아직 이르지만, 사람들 마음속에는 이미 도착해 엎드려 있는 봄을 가만히 흔들어 깨우는 것이 프리지어의 쌉싸름하면서도 달착지근한 풀내가 섞인 향기이다. 꽃의 모양은 특별히 아름다울 것은 없다. 장미처럼 겹겹이 포개진 꽃잎들 사이에 어떤 비밀을 간직한 듯한 신비감이 있는 것이 아니다. 백합이나 칼라 릴리처럼 고귀한 자태나 향기로 우리들의 근원적인 영원한 곳에 대한 동경을 일깨우는 꽃도 아니다.

산길에서 흔히 보는 병꽃처럼 여러 송이가 가지런히 줄기에 달린 지극히 수수한 모습일 뿐이다. 꽃꽂이에서도 주로 다른 꽃에 곁들여서 쓰이는 가냘픈 꽃이다.

그러나 그 향기가 있기에 프리지어는 봄을 제일 먼저 알려주는 꽃이 되었다. 입학식이나 졸업식의 꽃다발 속에 섞여서 새로운 출발에 대한 설렘과 기대를 함께 하는 꽃이기도 하다.

프리지어의 향기는 젊은 시절의 고뇌와 방황 그리고 그 쌀쌀하던 바람을 생각나게 한다. 무언가 불안했고 미래는 아무것도 잡히지 않는 허공처럼 불확실했다. 절대적으로 안정되고 풍요한 생활을 원했으면서도 동시에 모험이 가득 차고 매일 매일 첨예한 정신의 궤적대로 살기를 원했던 이중적인 갈망이 자신을 더 속박하였는지도 모른다.

자신의 모순과 무능함, 무지에 대한 부끄러움으로 젊은 시절은 항상 추웠던 기억이 난다. 그러한 계절의 시작에 언제나 프리지어가 있었다.

음악 감상실이란 곳에서 베토벤의 교향곡이나, 바하의 토카타와 퓨가를 들으며 그때 상대방과 무슨 이야기를 했었는지 기억에 남아있지 않다. 단지 나에게도 그렇게 몰입할 수 있었고, 가슴 설레는 시절이 있었다는 사실이 지금의 나에게는 위안이 되고 밝은 등불처럼 심경을 따스하게 해주는 것이다.

젊은 시절에 나를 붙들었던 나 자신에 대한 불만이 이 나이에 와서 많이 희석되었음을 느낀다. 우유부단한 성격과 매사에 단호하지 못한 태도에 대한 자괴감이 글을 쓰기 시작하면서 많이 극복된 것 같다. 이만한 나이까지 살아와서 느끼는 평화에 대해 내 인생에 감사한다.

아무 약속도 씌어 있지 않는 달력의 빈칸이 마음에 여유를 주고, 울리지 않는 전화, 텅 빈 우편함에 마음이 담담해진다. 승객이 드문드문 앉아 있는 기차를 타고 사람이 없어 한산한 겨울 바다를 다녀온 날은 도시의 불빛이 더 정다워 보였다.

좋은 글을 읽을 때의 기쁨 못지 않게 사람들과의 만남에서 큰 즐거움을 느끼는 것도 나에게 찾아온 변화이다. 꽃들처럼 사람들은 누구나 저마다의 독특한 향기와 빛깔이 있다. 산속에 핀 야생의 산나리 같은 사람이 있는가 하면, 향기가 진한 하얀 치자꽃 같은 사람도 있다. 수국도 있고, 모란, 국화도 있다. 향기가 좋은 꽃도 있고 모양이 어여쁜 꽃도 있다.

꽃이 영원히 아름다울 수 없듯이 사람들과의 관계도 영속할 수 없다. 아름다움의 절정 뒤에는 소멸의 시간이 있기에 사람들 사이에도 공간이 필요하다. 그 사이가 사람을 자유롭게 하고 아름답게 한다.

정(情)에 있어서도 절제함이 필요하다는 것이 요즈음의 느낌이다. 가족이나 핏줄간의 그 끈끈한 정으로 우리는 얼마나 자신이나 상대방을 묶어 왔던가. 가장 가까운 사람들일수록 '신전의 기둥처럼 떨어져 있을 것'을 다짐해야만 한다.

사람과 사람 사이에는 속박이 없이 홀가분해야 한다.

비슷한 연배이거나 취향이 비슷한 사람들과의 만남에서 갖는 연대감은 유난히 서로 마음이 편안하다는 것이다. 나이가 비슷한 문우들끼리 만났을 때, 어릴 때의 이야기들을 하다가 같은 추억을 공유하고 있음을 발견했을 때의 기쁨이 삭막한 하루하루를 빛내준다.

20세기의 마지막 나날을 숨쉬는 동시대인들과의 부대끼는 삶, 그 소중한 날들을 아끼고 어루만지며 보내고 싶다. 장 지오노는 사람들은 식물과 같아서 그 사이에 바람이 지나가야 노래를 부른다고 했다.

프리지어는 그 향기로 노래한다.

(1999.)

■ 廉貞任 연보

1946년 6월 3일 경남 마산시 중앙동에서 아버지 염인모(廉
麟模)와 어머니 장맹열(張孟悅)의 1남 5녀중 장녀
로 태어남.

1951년 월영초등학교 입학, 글짓기를 좋아하여 마산시 주최
백일장 등에 입선.

1957년 아버지의 직장 이동으로 부산으로 이사해, 경남여자
중학교 입학, 교내 문예지에 글을 실으며 문학의 꿈
을 키움.

1960년 경기여자고등학교에 입학하여 온 가족이 서울로 옮김.

1963년 서울대학교 문리과대학 독문학과 입학. 산문, 단편소
설의 습작 시도.

1967년 대학 졸업. 김신행(金信行)과 결혼. 3년간 뉴욕 체류.

1968년 장녀 희정(熹廷) 출생.

1972년 차녀 주연(株延) 출생.

1975년 장남 성수(成洙) 출생.

1979년 독일 하이델베르그에 일년 머뭄. 프랑스, 이태리 여행.

1985년 동인 활동과 함께 문학강좌를 들으며 시, 수필 창작.
가락 동인 수필집 『다시 태어남을 위하여』(오상사)
출간.

1986년 『수필공원』(현 에세이 문학)에 「지울 수 없는 그림」으

로 초회 추천, 「초록빛 섬의 잔상(殘像)」으로 추천 완료 받음.

1987년 『현대문학』에 「나의 가계부」로 추천 완료 받음. 『월간 에세이』 창간호부터 6개월간 「딸에게 띄우는 편지」 연재.

1988년 4인 수필집 『떠오르는 빛』(문학세계사) 출간. 「줄서기에 대하여」로 『월간 에세이』 공모 제1회 에세이스트 상 수상.

1990년 4인 수필집 『나무로 만나 숲으로 서다』(자유문학사) 출간. 한국수상록(34)(금성출판사)에 「4월의 꽃」 등 5편의 수필 실림. 수필공원 출신 작가들의 동인지 『수필산책』 제1집에 작품 수록. 바르셀로나, 파리 여행.

1991년 「까치와 우체부」가 한국문예진흥원 91 한국문학작품 연간선집에 선정, 게재됨.

1992년 첫 에세이집 『미움으로 흘리는 눈물은 없다』(청맥) 출간.

1993년 수필문학진흥회 제정 제11회 현대수필문학상 수상.

1994년 현대문학 출신 수필가들의 동인지 『바람이 켜는 노래』에 수필수록. 수필문우회 엮음 한국현대수필선집(미리내)에 수필수록.
11월 차녀 김주연, 박진용과 결혼. 외손자 인호(1996), 준호(1998) 출생.

1995년 호주, 뉴질랜드 여행.
2월 장녀 김희정, 이우용과 결혼. 외손자 정환(1996), 외손녀 서연(1998) 출생.

1996년 미국 스탠포드 대학이 있는 팔로 알토에서 일년 체류. 서부 캐나다, 옐로스톤 국립공원 등 여행.

1999년 두 번째 에세이집 『유년의 마을』(세손) 출간. 「현대
        문학수필작가회」 회장으로 선출됨.
2000년 「99년을 대표하는 문제 수필」(한국 비평문학회)에 「이
        층으로 가는 계단」 수록. 「현대수필문학상 수상작
        가 대표작선」(을유문화사)에 작품 수록.
2001년 「한국의 명수필」(을유문화사)에 「회전문」 수록.
        현재: 「수필산책문학회」 회장, 수필문학진흥회 부회
        장.수필문우회 회원, 『에세이 문학』 편집위원, 여성
        문학인회, 한국문인협회 회원.

회전문

1판 1쇄 인쇄 / 2002년 3월 5일
1판 1쇄 발행 / 2002년 3월 10일

지은이 | 염정임
펴낸이 | 이선우
펴낸곳 | 도서출판 선우미디어

등록 | 1997. 8. 7 제2-2416호
100-193 서울 중구 을지로3가 104-10
신성빌딩403 ☎ 2272-3351, 3352 팩스: 2272-5540
e-mail: sunwoome@hanmail.net
Printed in Korea ⓒ 2002 염정임

값 / 4,000원

잘못된 책은 바꿔 드립니다.

저자와의 협약으로 인지 생략합니다

ISBN 89-87771-91-1 04810